一粒米，
百粒汗
吉雷米、江佩靜（小乖）／著

推薦序

鄭弘儀／知名媒體人

「吉雷米」用Line，要我為他的新書寫序，我雖然很阿沙力的答應，不過，老實說，我是很懶的人，特別是農曆過年前，我有三個節目要錄存檔，常常錄到昏天暗地，老媽媽又住院，自己都自顧不暇了，哪有什麼時間為他寫序呢？但是想到這位法國來的年輕人，這麼愛台灣，愛到「起肖」的地步，如果拒絕，就覺得自己太狠了，道德會譴責我，加上「台灣最美的風景是人」這塊重重的招牌，覺得再忙，也得提筆了。

認識吉雷米，是他來上我的節目《新聞挖挖哇》，聽這位老外講他如何和台灣結緣，如何成為三太子的信徒，如何結識美麗的台灣太太，進而成為台灣女婿，故事真的很精彩，很吸引人又很感動人。因為故事太好聽了（他又很會講），所以我在寶島聯播網的節目「寶島全世界」又邀請他一次，聽眾的反應只能用「轟動」形容。

簡單介紹一下吉雷米，他是法國南部普羅旺斯亞維儂的人，家鄉產非常高檔的葡萄酒和櫻桃，今年約39歲，在法國的大學讀的是地理系，是個熱愛跑步的人。23歲，開始在亞洲旅行，跑過泰國、柬埔寨等國家。26歲來到台灣花蓮，在後山，他照顧起身心障礙的原住民小朋友（可見他心地善良、心腸柔軟）。在他即將回去法國之前，台灣發生震驚國際的小林村七百人被活埋的莫拉克風災。於是他決定先留下來參與救災，救災的足跡遍及屏東林邊，阿里山來吉部落等地。後來他還決定留下來，做更多事。寫到這裡，我已經覺得自己身為台灣人，但深感「自嘆不如」。

吉雷米肯定比我更了解台灣。他曾經兩度用跑步的方式，環島台灣。第一次，因為情傷，所以花了17天，走過19個縣市，全長1100公里。（台灣人失戀是吃香蕉皮，他竟然去路跑環島！）第二次，則是扛著25公斤重的三太子，再跑步環島一周，吉雷米是起肖？還是卡到呢？不過，這趟值得，他因此邂逅了他的真命天女——美麗的小乖，而成為真正的台灣女婿，落地生根。

可能是太深入台灣了，也太愛台灣了，他竟然用法語寫了三本書，分別是《大家說布農語》、《大家說阿美語》、《大家說台語》，這種書不要說在法國，在台灣會賣嗎？顯然他不是為了賺錢而來，他有高貴的目標，他是為了保存語言而做，因為他在台灣接觸的過程中，看到40、50歲以下的人，已經不太會自己的母語（這種精神，我都快掉淚了）。不只如此，他還寫了一本《南法跑者用雙腳愛台灣》的書。

大家喜歡吉雷米不是沒有理由的，我也是，而且我是農家子弟，我們家小時候種稻米，我更喜歡吉雷米的綽號「一粒米」，真的超喜歡，有本土味，有力量。

推薦序

杜立仁／公視台語台《無事坐巴士》製作人

出外景當節目主持人，對一般人來說不是件容易的事，更別說要一位沒有太多媒體經驗的法國人和鄉親朋友講台語、搏感情。

每當拍片的空擋，雷米不是滑手機，不是發呆放空，也不是睡覺補眠，而是拿著一疊「祕笈」，窩在角落反覆練習。這本祕笈不是複製貼上的二手資料，而是雷米從拿到外景行程表和補充資料後，用羅馬拼音一字一句寫下的台語發音、拍攝重點和相關內容。如此投入和努力，就是吉雷米做為「生在法國的台灣人」對台灣最真摯的愛與付出。

當初在尋找《無事坐巴士》的主持人選時，我在心中默默許願，希望找到一位真正愛台灣、能用台語對談的外國人，經過一番尋尋覓覓，終於在同事的推薦下認識了吉雷米。當我瞭解雷米與台灣結緣的過程與在台灣的種種經歷，我很確定雷米就是我期待的「愛說台語也愛台灣的外國主持人」。

但台語終究不是雷米的母語和慣用語，因此當他決定要擔任公視台語台的行腳節目主持人，雷米的好牽手——小乖，便為雷米安排許多訓練，包括在家中是「全台語」的對話環境，也特別讓雷米到風景區擔任台語解說員，讓他可以和台灣鄉親零距離的用台語對談。

如果你問我：「吉雷米到底有多愛台灣？」我只能跟你說，當我看見他對於花蓮玉里劉一峰神父拿到台灣身分證，那一副極度羨慕表情，以及他為了貼近台灣這塊土地每一個角落，奮力克服對水的恐懼，踏進海裡採蚵，這些都是「純」到不加水、最真實的模樣，不需要反覆綵排演出，沒有半點虛假的吉雷米。

推薦序

巫少強／三立電視都會台編導

認識吉雷米，絕對是從他的壯舉開始，無論是背著三太子神偶環繞全台，或是帶著吳鳳去瘋台灣三大炮之一的北港犁炮，甚至是接下全台語發音還要訪問在地人的電視節目主持人，種種舉動，都不像一名在印象中應該是優雅、柔情、溫和、斯文的南法紳士。但是更加了解他之後，才發現這人根本就是來打破台灣人刻板印象的天使。

吉雷米可以說是一座橋樑。透過他，我們認識了奉獻一生在照顧身心障礙小朋友的劉一峰神父；也因為他，我們看見台灣最美、號稱天堂路的玉里祕境；更因為他跟太太小乖的一趟朝聖之路，我們看見波瀾壯闊的南歐高原，淵遠悠長的千年歐洲。但其實他不是只有溝通了台法之間的交流，他超乎我個人想像的成就，應該就是針對原住民語言，出了法文版的翻譯辭典。眾所週知，法文是非常嚴謹的語言，國際條約都要有法文版才能算數，而台灣的原住民語言有了法文版的翻譯，就等於是有了國際規格的保存規範。一位來自歐洲的朋友，幫我們完成了這件事。

就像東西雙方兩位聖母信仰會讓參與者有著共鳴一樣，看著吉雷米夫妻對台灣與法國文化與生活習慣上的描述，讀者們也很容易引起共鳴，那是一種會心一笑的趣味。比如早餐的習慣，要吃甜還是要吃鹹呢？對下午茶的認知，是蛋糕配紅茶還是米粉配滷味呢？而這本書不只是寫東西方生活上的差異對比，他們連宗教信仰，歷史演變的異同，也都一起陳列出來，讓每一位讀者都像打開一扇窗窺見精彩又繽紛的世界。

喜歡增廣見聞的朋友絕對不能錯過這本書，喜歡學習語言的朋友也該把這本書列入必備書單。吉雷米這座東西方交流的橋樑，絕對會越搭越巨大，也越能影響更多人，我也很榮幸能認識這樣一位，比台灣人還台灣的法國人。

推薦序

游蕙宇／台灣小姐選拔委員會執行長暨舞台總監

對於雷米，在未真實接觸前的印象是：長得帥帥的、愛跑馬拉松、曾經扛著台灣神偶三太子環島、上過節目、擔任節目主持的外國藝人、出過原住民語言書（布農族和阿美族）……。

此次我因擔任國際蘭馨交流協會2019-2020活動企劃總監，為拍攝反暴力全球公益短片，擔任拍攝的導演推薦了雷米，而本身就愛投身公益的雷米，一聽拍攝主題及內容，二話不說地立即答應。

拍攝自我介紹時，雷米很自然流暢地說出：「大家好，我是吉雷米，一粒米。（國台語自然正確雙聲）」小小地震撼了我這個台灣人，說了一口比我這個道地台灣囝仔更地道的台語。

「黑矸仔裝豆油」，這是接觸雷米後給我的感受。一位來自南法普羅旺斯的外國人，溫和有禮、態度認真，用心、用力、用情、用意地愛台灣，比更多台灣人更像台灣人。不只熱心公益愛台灣，還研究並出版連很多台灣人都不懂的原住民語言書，更參與了台灣民俗文化研究，以及讓人敬佩的救災工作。

這本書特別之處，除了在介紹台、法的文化生活連結與差異，也介紹語言，語言部分的「一粒米的台語＆法語教室」更有著台語、法語單詞拼音教學、歇後語、專有名詞，最後還有文化小專欄，輕鬆幽默又自然帶入台、法人文習慣差距，讓人迫不及待地想繼續看下去。內容語詞的運用，更讓人發出會心一笑，例如：「喝酒喝得神志不清Lim-tsiú lim kah má-se-má-se（啉酒啉甲馬西馬西）」、「樹頭站得穩，不怕樹尾做風颱Tshiū-thâu khiā hōo tsāi, m̄ kiann tshiū-bué tsò-hong-thai（樹頭徛予在，毋驚樹尾做風颱）」這樣的詞語用字，誰說雷米不是台灣人？

這是一本結合語文、旅行、勵志、夫妻相處、風俗民情的書，更是一本文化書，如此包羅萬象與兼具內涵，蕙宇真心推薦大家閱讀與收藏。

自序

吉雷米

地球上有一個地方，它的美很細緻，天空藍得令人驚豔，土地上的色彩比畫家的調色盤還要繽紛。這裡的太陽很溫暖，陽光很燦爛，四季分明，鳥語花香，瀰漫在空氣中的自然氣味很迷人，就連這裡的人也充滿熱情。

春暖時，這裡處處萬紫千紅，什麼你叫得出、叫不出名字的花，開滿了田間與山頭，就像展開了一場時尚服裝秀一般。

夏臨時，此地的薰衣草成了萬頃紫波，隨風搖盪，綻放美麗。滿山遍野的薰衣草田，高高低低地依偎著山坡，無限蔓延，那份紫，紫得非常澎湃！

的確，這裡的藍，這裡的紫，以及其他繽紛色彩，無法以畫筆真實繪出，也無法以攝影器材輕易擷取，更無法以筆墨形容。

清曉時，若是處於高坡上的村莊，當你輕撫花瓣上的露珠，並將之溫柔地從指間灑落，幻成飄飄水霧，那虛無縹緲的霧氣便會籠罩平原鄉景，彷彿仙境人間。此刻，再輕吸一口清冷的空氣，這是一種天然的興奮劑，使你再也等不及與美好的一天相遇，捨不得耽溺於夢鄉。

正午時分，層巒疊翠，豔陽高照於天際，給予大地無限的清明，也給了我們雙眸一張解晰度極高的風景照。

夏季日落雖晚，可每當夕陽到來，橘紅的落日會為大地撒下大片的金光，耀眼迷人，如詩如畫。登上教堂尖塔閣樓，放眼望去，村莊裡的屋瓦彷若金磚似的交疊。

這裡整年陽光普照，好似受到太陽神阿波羅的眷顧！藝術家們也紛紛來此找尋靈感。在這裡，梵谷度過了他生命中的最後三年，以他熱情的畫筆，揮灑出令人驚豔的向日葵及隆河星空。

明媚的陽光能掃去心底陰影，馥郁的薰衣草香氣能使心安神定，湛藍的天空能夠開闊視野與胸襟，這就是長住於此的人們快樂的祕密。在偶爾見不到陽光的日子裡，陰霾將誘發此地人們心底的空虛與擔心。

可見得陽光左右著這裡人們的心情。

這裡，是葡萄酒與薰衣草之鄉，也是養我育我的故土。這裡，是南法的「普羅旺斯」，一個人間天堂。

「生於這麼漂亮的地方，怎麼會想要來台灣？」這是我生活於台灣最常被問的一個問題。

在台灣生活的十多年間，我發現不少人總是前往遙遠國度旅行，對於他國的一切如數家珍，卻不熟識自己生長的這片土地。

我反而對台灣土地有著深深的眷戀，甚至願意在此落葉歸根，並非我不愛自己的故土，也不是我對自己的故鄉漸行陌路。相反的，因為所識之深，才見所愛。在這個福爾摩沙，美麗之島，我早已與之結下深切的羈絆。這裡，有我深愛的人，有我無法放下的情。

因此，每當聽到有人提及「台灣是鬼島」還是「台灣很小啊！」諸如此類之語，我便很想問問對方：「你看到台灣多少？你了解台灣多少？」

台灣雖不大，但台灣的內涵深度無窮無盡！

說實話，我剛到台灣時，也曾覺得台灣很小，或許沒太多使人目光為之一亮之景、之物。直到我決定以跑步環島，接觸到許多在地鄉鎮的文化、美景與人情，才真正品嘗了台灣這片土地上，那豐富的自然與人文好味道。

同時，台灣這座蕞爾之島上，存在著許多不同的族群與語言，有著相當多的文化資產，卻被列為母語瀕臨消失的地區之一。為何？若非長居於這座島上，對於發生原因應該是相當費解的。年輕族群的本土語言能力不佳，極少使用母語溝通，也認為無須學習，加上能夠說上流利本土語言的親長，也不常與年輕朋友使用這種語言溝通。當語言不再被使用，自然就會逐漸消失，這實在是相當可惜的一件事。

十年前，我曾寫過一本教法國人學台語的書，也有法國出版社協助我出版，使我的法國同胞能夠認識美麗的台語。十年後，我開始主持公共電視的行腳節目——《無事坐巴士》，獲得更多機會去深入地見識美麗之島的迷人風情。

傾聽那些刻苦耐勞的討海人、農夫，與從台灣尾拚到台灣頭的艱苦鄉親所陳述的迷人故事，以及親身接觸台灣的廟宇文化，以及代代相傳的美好信仰與技藝後，更讓我意識到，台灣本土語言與文化正逐漸在凋零，令人不勝唏噓。

語言與文化，不但是個重要的溝通與傳承工具，更是族群認同的象徵。我們若不努力將自己所出身的文化薪火相傳，不努力說著自身文化的語言，這些一旦消失，便再難找回了。

有了多年的感悟，與這兩、三年來的一些機遇，我在2019年時，就決定要寫一本跨文化的書籍，來跟大家談談我所感受的台灣，也分享我所知道的法國。書名中的「一粒米」，除了是我中文名「吉雷米」的台語諧音，同時也有我在台灣的一切經歷都得來不易，經過很多汗水和努力，才能成就現在的「一粒米」之意。

只是因自費出版所費不貲，所以遲遲未把手邊資料好好動手整理與撰寫。

近期剛好得知內政部移民署有個「新住民築夢計畫」，我們也很幸運的得到古錦松教授指導企劃書編寫，最後從幾百個新住民的參賽企劃案中脫穎而出，榮獲十位個人獎得獎者之一。儘管獎金有限，仍有為數不少的出版費用得自理，但無論如何，我還是把握機會，讓這本書產出。

也謹謝岡山移民署長官的關懷與重視，也謝謝幫忙文字撰寫的老婆與協助校對的郭子銘先生。現在我所做的一切，對我來說是很有意義的——盡我的微薄之力來幫忙保存台灣人的母語，同時讓台灣人接觸我自己的法國母語。

自序

江佩靜（小乖）／吉雷米的牽手

我發現，在台灣只要冠上「法式」之名的東西，就會變得很優雅、高級，也特別好賣。就好比去一間餐廳，菜單上寫著「法式羅勒炸去骨雞肉佐胡椒」，聽起來高級又迷人，其實端上來的，就只是「鹹酥雞」而已。還有「法式生蠔佐野菜蛋」、「法式特殊風味酥炸嫩豆腐佐醃生菜」，聰明如你們，有猜到是什麼嗎？沒錯，就是「蚵仔煎」跟「臭豆腐」！

還有一種小時候很常吃的零食——「牛粒」，現在光聽這名字就覺得俗氣，不會想吃，對吧？之後有人開始稱它為「小西點」，哇！感覺穿了西裝，一整個高級起來了。現在它又被改稱為是「台式馬卡龍」，身價翻了三倍。

但從頭到尾，這些東西的內在都相同，沒有改變。

有一次，我們在南法市集閒逛時，我聽到一個賣切菜器具的在介紹他的東西有多麼好用，呼嚕嘩啦天花亂墜，連碰都還沒碰過那器具的我，都感覺超厲害、超想掏錢買了。突然間，聽到他講了一個關鍵字——「台灣」，於是我好奇地問雷米攤販說什麼，只見雷米臉色丕變，拉著我就離開。我以為他不想要我買那商品，就去隔壁攤賣普羅旺斯花布的攤位東摸西摸。那時雷米又突然繞回那切菜器具攤，與攤販說起話來，但講得面紅耳赤，好像是在爭吵（因為感覺雷米不是要去買來送我的，哈！）。

他嘩啦嘩啦地跟攤販講了一大堆，回來後，我問他發生什麼事？雷米跟我說，那攤販在介紹商品時這麼講：「我這個刀是法國製，品質很好，不像是那些大陸、台灣製造的。」他聽到這個覺得很起毛䆀（khí-moo bái），於是生氣地去跟攤販說：「現在台灣製造的東西是品質優良的保證，我人現在住台灣十多年可以證明，希望你以後別把台灣的商品掛在不優良那邊。你若不信，把你的手機拿出來，看是不是台灣製的？」雷米看他的手機是hTC的，也馬上跟他說：「這就是台灣製的精品！」

聽完雷米的敘述，我真心覺得這粒米變成台灣米了，竟然冒著跟攤販發生衝突的風險，只為表達他在台灣的所聞所見。我不知道這個攤販以後是否延續他一貫的台詞，但此時此刻，我知道雷米是我的英雄！

有些許人容易犯「近廟欺神」（kīn-biō-khi-sîn）的錯，在我們陷入崇拜「法式」二字的迷思時，卻忽略我們台灣製的產品，早已可以讓我們感到無比驕傲。

跟著雷米四處拍攝電視節目時，我看到台灣各地的職人們認真辛苦地做著手工商品，像是彰化的手工麵線、台灣產的金桔醬、西螺製的醬油、新竹製的米粉，就連我們的手機，幾乎有一半的零件是台灣製的。

這些東西如果是在國外生產，是不是就有那麼一點不對味？

這本書是我這個土生土長的台灣女兒跟法國老公吉雷米合著的，書內寫作的角度，很多是由雷米來看台灣，或是從我的面向來看法國。但身為另一半的我，只能慚愧地說，雷米真的比我們大部分台灣人還愛台灣，也疼惜台灣。他一直為了保存台灣語言而努力著，所以我們才會出版這本書，讓大眾了解台法文化差異，並藉此多多介紹台語。

希望大家喜歡！

目錄 Contents

走過媽祖遶境與聖雅各之路

小乖

去年，我意外發現雷米很有媽祖緣。

在一場有好幾千人與會的台中大甲媽祖論壇上，我坐在觀眾席中，看著受邀上台的雷米用著他自學多年的流利國、台語，介紹著他與媽祖的緣分。看過他十餘場演說的我，唯有這一次，全場的氛圍與所有聽眾投入的畫面，使我眼眶濕潤沒有停過，身體也不由自主地顫抖著。

沒特定宗教信仰的我，很訝異自己當下有如此的生理反應，不知原因何在，也無法控制，停止不了。

早在進場前，在休息室裡準備時，我們和一位專門以媽祖為取景題材的攝影師談天。當我們聊到他在福建湄洲島的拍攝工作，他同我們分享一幅當地獨有的人文風景。

「湄洲島是媽祖的家鄉，據說也是祂羽化升天之地，因此當地人相當崇敬媽祖。每當出巡的神轎抵達各個民家門口時，住戶們會開始燒起一把把稻草。」攝影師說著的同時，他手指間那根菸的菸頭也正火紅地燒著，一縷縷的煙也隨之裊裊升起。

「他們為什麼要燒草啊？」我好奇地向他詢問原因。

他的頭撇向一邊，吐出口中的一口煙後，回頭這麼回答我：「聽說啊，湄洲島居民對媽祖的信仰，已經不只是對神靈的崇拜，而是把媽祖當成自己親愛的母娘一般看待。當地入春後，天氣猶寒，人們怕母娘駕臨時，腳底冷著，他們捨不得讓母娘挨寒受凍，於是連忙燒起稻草，讓母娘可以藉此暖腳。」

這段話使我的眼眶不由自主地紅了起來。「到底是如何的虔誠信仰，讓人們可以發自內心做到如此？」我在心裡這麼想。

接著，我不禁又聯想到這些時日雷米所遭遇的幾件事，與媽祖好有緣分，總覺得祂冥冥中在牽引著我們。首先是花蓮最大媽祖廟——港天宮邀請雷米擔任馬拉松活動的代言人，因為過去他曾扛三太子的神偶像環島跑步的經歷，讓廟方人員印象深刻。不久之後，又得到公共電視台的節目主持機會，說是要去拍攝媽祖遶境。再來，就是這場大甲媽祖論壇的講座邀約，擔任論壇來賓。緊接在後的大甲媽祖遶境，我們也被邀請去體驗遶境兩日——從彰化溪洲后天宮走到雲林新港奉天宮。

想到這些與媽祖相關的活動邀約，過去不曾發生得那麼頻繁，卻在這一年紛至沓來，可真是讓我嘖嘖稱奇了！

當我還沉浸在自己思緒，想著我們與媽祖婆間的奇妙緣分時，「啪啪啪……」全場不停的掌聲迎來論壇活動的落幕。人潮逐漸散去後，我也從觀眾席起身，前去迎接離開講台的雷米。

擁有一張外國人臉孔，卻能講著一口流利國、台語的他，備受大眾歡迎，尤其是婆婆媽媽們。他總像偶像般被群眾擁簇著，此時此刻也不例外。

後來在開車回南部的路上，我跟雷米提到我在台下發生的事，想問他是否也有同樣感受。「我也有耶！」他這麼回答。瞬間，手握方向盤的我，驚訝地轉頭看著他，腦中空白得不知如何反應。「因為台上冷氣開得很強啊！好冷，好冷，冷、吱、吱！」他調皮地對我這樣說，讓我真想翻他一個白眼：「哼！真的啊？」不過他的話還沒說完，「經過這次論壇啊，我的身心靈彷彿洗了一場三溫暖。場地使我冷得發抖，但我的內心卻覺得溫暖呢！」

美國詩人惠特曼曾有這麼一句話：「全世界的母親都一樣，她們多麼相像。」他喜歡這種溫暖慈悲、包容不排外的神明。而媽祖信仰跟天主教信奉聖母瑪利亞也很相似，祂們對於普羅大眾的庇祐皆相同，不分膚色、貴賤、族群與國家的。慈祥的母神是所有信徒心靈依賴的對象！

以前因為沒有特定宗教信仰，我不了解「媽祖遶境」的魅力，即便身為台灣人，也未曾想要親身體驗這道地的台灣文化。今年，種種的緣分像是媽祖在牽引著我們，「遶境去吧！」一語已如箭在弦，不得不去走一遭。

今年的大甲媽祖遶境活動，我們依約前往，只是從溪州出發，背著行囊，行踏追隨。沿途除了有數以萬計的信眾一同前來共襄盛舉，更有許多熱心信徒們在自家前無償地付出，為朝聖者們提供飲食、按摩、休息，這畫面亦深深地活絡了我們的內心。見著信眾們手上以平安符串成的進香旗，一支比一支大，我們回望著手中的小旗幟，簡直是嬰兒等級。「沒關係的，媽祖婆會以等量的愛來關愛我們！」我暗暗地這樣告訴自己。

媽祖鑾轎移動速度出乎意料地快，我馬不停蹄地追趕，仍力猶未逮，但對雷米這路跑選手來說卻是游刃有餘。一段時間後，我的身體已疲憊不堪，一旁貼心的接駁車還上前關心我，詢問我是否想搭車一程。

基於體驗各種過程與追隨鑾轎，我拉著不甘願搭車的老公上了車。

此行由於時間不足，只能跟隨隊伍兩天。因此，平凡如我，覺得只要真心誠意地參與，即是一種虔誠的表現，量力而為並非示弱；馬拉松跑者的他，卻認為一步一腳印才能顯得真實深刻。於此，我們有了一些口角。夫妻間體力與能力不同，理念不同，少了包容，自然就容易產生一些衝突。

朝聖者們披星戴月，走在繁華街道，走進鄉間曲巷，走入阡陌小路。大家來自不同的生活環境，有著不同的人生，為什麼眾人能比物此志，人與人、人與神的互動情感能夠自然流露？而結下偕老之約的我們，卻因步調不同而傷了最親近之人？

這天，媽祖鑾轎停留雲林西螺福興宮，而我倆的路程則稍稍趨前，和福興宮保有一段距離。午夜時分，路上再也沒喧嘩的人流車聲，只剩月光從夜空溫柔灑落。後來我倆找了間廟宇，借了塊地，鋪了紙板當床底，就在神明陪伴中，以天為被、地為床，就此入睡休息。

睡夢中，我夢見自己汲汲營營地生活著，像顆旋轉的陀螺，不停地繞啊繞、轉啊轉。

天光尚未明，一陣熱鬧的鞭炮聲響起，忽遠忽近，此起彼落，應該是媽祖鑾轎抵達了。微弱的思緒點知睡眼惺忪的我，該起身隨行了。此時，我卻無法完全睜開眼，身子也起不來，一陣微風吹來，彷彿母親的手溫柔地輕撫著我，並說：「乖孩子，好好休息，莫急。」於是，我又昏沉睡去。

再次張開雙眼時，精神已飽滿，但也驚覺其他信眾早已離去多時，只剩我們夫妻睡到「日頭曬屁股」。兩人睡得也太香甜了！我倆尷尬對笑，這一笑，洗刷了昨日的不愉快。

早晨的日光輕柔糁下，我們倆牽手踽踽而行。經過一夜的沉澱，兩人心境已所調整，不趕路了！其實慈愛的媽祖是將我們牽引來親近大地、感受文化的，無需倉皇趕路。而我們，就好好享受母娘所賜予的幸福時光吧！

這次的朝聖遶境體驗，讓我們夫妻想起雷米遠在地球另一端的家鄉。歐洲的一些天主教國家中，如法國、義大利或西班牙等，也有和媽祖遶境相似的宗教慶典活動，只是主角從媽祖換作是聖母瑪利亞、耶穌基督，或者是其他天主教中的聖人。這些宗教慶典，每年也吸引了為數不少的的教徒前來歡慶。

作為天主教根基的歐洲，其朝聖雖非世界歷史的濫觴，卻也是相當虔誠與多元。其一著名的，是步上聖雅各之路，西語名為Camino de Santiago，法國人稱它為Chemin de Compostelle。這條朝聖路的終點，是天主教三大聖地之一的西班牙聖地牙哥（Santiago de Compostela）。

在2018年夏天時，我們夫妻同去了這條朝聖之路。我們選擇由法國的聖母升天聖地—盧爾德（Lourdes）出發，一直到西班牙的聖地牙哥為止，共步行了一千公里遠。我倆扛著沉甸的背包，踏在野外石路，四十天不間斷地翻山越嶺、跋山涉水，循著中古世紀朝聖者們曾走過的路徑前行。

這段路對於體力與心力皆是沉重考驗，過程也多有艱辛。值得慶幸的是，我們最終順利地完成了，抵達了西班牙聖地牙哥，也滿載感動而歸。

在走過東、西方的朝聖之途後，讓我驚喜的，是這些路途上的純粹人性。在付出與奉獻中，人性的純潔完全無疆界之分！

大甲媽祖的遶境，沿途眾多虔誠信徒無私提供源源不絕的在地美食，讓遶境信眾補充體力，而且遶境者無須擔心走錯路，只要步隨著前方的媽祖鑾轎旗幟便可；即便真的迷了路，也只要開口詢問當地人，也都有熱切的民眾指引回遶境主線。

同樣的，走在聖雅各之路上，只要跟隨著沿途出現的聖雅各的聖物號誌——黃箭頭或扇貝標誌，也就不會迷路。偶爾，還會有好心的在地鄉親，於路旁提供簡單飲食給朝聖者（有時甚至是美食），讓他們充飢止渴，能順利地邁向聖地。

台灣的遶境活動也好，或是歐洲的朝聖之路也罷，更有位於日本的四國遍路等，雖說宗教意味濃厚，但真的參與其中後，可以發現，最終還是要回歸純真的人性，探究我們內在的真實性靈。

因此啊，這些都是最值得被保留下來的文化遺產呢！也期待大家在有空之時，不妨親自體驗一次看看，或許也能獲得與我們夫妻類似的美好感受！

一粒米的
台語＆法語教室

華語	台語拼音（台語文）
去年	kū-nî（舊年）
丈夫	ang-sài（翁婿）
眼眶	ba̍k-khoo（目箍）
發抖	phi̍h-phi̍h-tshuah（咇咇掣）
家鄉	ka-hiong（故鄉）
背	phāinn（揹）
共襄盛舉	tàu-lāu-jia̍t（鬥鬧熱）
抵達	kàu-uī-ah（到位矣）
陀螺	kan-lo̍k（干樂）
不小心	bô-sè-jī（無細膩）

華語	法語
朝聖	pèlerinage
朝聖者	pèlerin
聖人	saint
虔誠	piété／pieux
艱辛	difficile
感動	touchant
美食	nourriture
迷路	se perdre
鄉親	gens
專有名詞	
聖母瑪莉亞	Sainte Vierge Marie
耶穌基督	Jésus-Christ

關於聖雅各之路的扇殼

小乖

有沒有注意到聖雅各之路上的朝聖者們，他們的背包都會別上一個扇貝？

我們在剛開始走時也注意到了。在每個路過的朝聖者背包上，不管他是輕裝還是重裝，一定會發現這個扇貝，那時我也不懂貝殼的由來，只覺得要趕快去買一個來掛上，掛上之後，好像就跟大家變成同一掛！

這就是「同一掛」的由來。（不好意思我離題了……XD）

關於貝殼的傳說，我們一路上不斷在找尋答案，只覺得這貝殼一定很了不起，不然怎麼會一路上都是貝殼的指示，而且大家也願意帶上一片走，這絕對不可能是西班牙海鮮燉飯吃剩的貝殼，然後拿來廢物利用吧！（大誤）因為這個少說也有個30克耶，朝聖者的背包可是很計較重量的，幹嘛多了這片可能會是壓死朝聖者的最後一片貝殼呢？

原來，傳說耶穌十二門徒之一的聖雅各過世後，人們把他的遺體由耶路撒冷運往聖地牙哥，遇到狂風暴雨後竟然翻船，連遺體也掉到大海？經過多日打撈也無所獲，正當大家絕望時，忽然間，奇蹟突然出現，人們在聖地牙哥海岸邊發現了聖雅各的遺體，最神奇的是，遺體身上蓋滿了扇貝，所以被保護得完整無缺。從此之後，聖地牙哥出產的扇貝便成了祝福及保佑的象徵，很像我們的平安符的意思啦！

另外也有傳說，人們由不同的道路尋找朝聖之路，最終必定找到聖地牙哥大教堂，很像從四面八方的朝聖之路最終匯聚於一點，這樣也很像貝殼的溝紋。

貝殼還有一個很實際的功能，原來古早的朝聖者沒保特瓶飲料可買，所以他們身上會帶著葫蘆來當水瓶用，而貝殼則是用來當水杯，古早人真環保！

什麼？
早餐吃鹹的？

雷米

我們每次回法國探望父母親，都會待上快兩個月，畢竟路途遙遠，難得回來一次，總得待得久一些。

說到法國，一定會提到法式料理。雖然法國美食以料理流程繁複與口味講究出名，但法國人的早餐卻吃得很簡單。法國的早餐時間，餐桌上通常會見到這等景象：洋溢著濃濃咖啡香，搭配乾土司、餅乾跟果醬或奶油，可頌、巧克力麵包、葡萄麵包。雖然看起來也很美味，但是一成不變，日復一日又一日的甜食。

台灣來的小乖最終受不了，問我說：「難道都沒賣鹹的早餐嗎？有沒有早餐店？」我回答她說只有麵包店而沒早餐店，一開始她還不相信，直到自己「去奔牛村走九遍」後，就對找尋法國早餐店死心了。

但是食物的力量真的很大。在一個週末，她準備了一些食材，竟然開始自製早餐起來。首先切個自家農場種植的有機無毒牛番茄，再切點洋蔥，煎個漢堡肉，夾上漢堡麵包，小乖式的台灣漢堡就完成了。桌上的咖啡當然也不會浪費，加點牛奶，灑點糖，變身成台式咖啡牛奶。最後大功告成，一道色香味俱全的台式早餐出爐了，小乖心滿意足地端上桌，準備享用。

法國阿母這時也下樓來，進得廚房，才看了一眼，滿臉睡意突然變成滿臉訝異，然後問：「這個是早餐嗎？早餐吃鹹的？」因為對法國人來說，漢堡或三明治不是早餐，比較像午餐。

幾次之後，我阿母也見怪不怪了。小乖甚至也開始煮起白粥，做鮪魚蛋餅，而阿母也偶爾會試吃一兩口，雖然她還是覺得早餐應該要吃甜的。

小乖和我阿母對早餐的反應，我早習以為常，畢竟我也在台灣打滾多年，可以理解。

說起台灣早餐店數量，真的超級多。我剛到台灣時真的有被嚇到，一條街上少說就有三家以上的早餐店！

台灣早餐的種類也琳瑯滿目，中、西式都有。光中式就有饅頭、水煎包、各式客製化蛋餅、煎餃、刈包、飯糰、碗粿、豆漿、米漿等等；而西式則有三明治、各式客製化漢堡、歐姆蛋、吐司夾蛋、奶茶、紅茶、咖啡牛奶⋯⋯。

我個人很喜歡台灣的豆漿，喝起來很香濃。在法國也有豆漿，但通常只在有機商店販售，而且口感不怎麼樣，喝起來很稀，價格也貴。台灣豆漿好喝又便宜，有時候買一大包才30元，所以我常常會買來喝。

台灣各地的早餐也有不同的特色。我搬來南部後，台南多變且豐富的早餐文化更是令我驚豔。特別是早餐有鹹粥、虱目魚湯加肉臊飯等，而牛肉湯配肉臊飯更是經典。讓我驚訝的還有乾煎虱目魚腸，晚到的人還吃不到，只能吃手手呢！老實說，叫我這個法國人早上吃鹹的東西已經是一種考驗了，何況是各式各樣的內臟。但凡事總有第一次，總是要「試看覓」。現在我覺得這些都很好吃，也會「呷好道相報」。

南部的溫體牛肉湯是名聞遐邇的。說到這個牛肉湯，我家門口附近其實就有一間店家在賣，但我搬來快四年的時間，卻只見它大門深鎖，不見它營業過，我還以為這只一間已經倒閉、只剩招牌的店。沒想到，某天清晨三點，我們正要出門擺攤時，竟發現它招牌燈是亮著的——它有在營業！但因為趕著出門工作，也就沒過去瞧瞧。

後來終於碰到一次時間比較不趕的時候，我們就在出門工作前去品嘗。享用牛肉湯的同時，我們也問了老闆營業時間，原來他在凌晨三點開賣，賣完為止，所以大都早上七點多就休息了。這也難怪我們一直沒遇到，因為我們對於遠程的路跑賽事，通常都在凌晨兩點就出門擺攤去。

說起台南，在關廟有以肉粿加上味噌湯當早餐的，而且淋在肉粿上的特調醬汁也是一絕。店家菜單上可以選擇肉粿數量跟是否加蛋，老闆娘一聽我會講台語，還開玩笑的跟我說「加蛋」不用錢，後來才知道是我誤會了，原來「這邊等」的台語跟「加蛋」的華語是諧音。可能生意太好，老闆直接把數量跟金額寫在目錄上，這樣一忙也就不怕算錯錢。但是想要品嘗的饕客可要當早起的鳥兒，因為太晚到的，可是連醬汁都吸不到。

再來說說高雄吧！在某一眷村裡也有特別的燒餅，裡頭會加上豐盛的配菜，有蘿蔔乾、豆乾、炒毛豆、榨菜等餡料，口味完全可以客製化，任君挑選，只是每次去買，也都要排隊排很久就是。

在嘉義也有一個很妙的炭燒杏仁茶攤，但妙的不是所販賣的杏仁茶，而是攤位環境。我第一次造訪時，還以為是一群左鄰右舍的人坐在門口泡茶聊天，不像是個杏仁茶攤，因為它只用幾個簡單的器具就做起生意：裝著杏仁茶鐵桶、鐵壺、炭爐、鐵杯、椅子。最特別的是沒有桌子，大家圍著老闆，拿著油條加杏仁茶吃，真的是一幅饒富趣味的畫面。

在台灣這塊土地那麼多年了，早已經習慣台灣早餐的美味與豐盛，但我想，早餐店賣的應該不只有餐點，還有跟早餐一樣豐富的人情啊！

一粒米的
台語＆法語教室

華語	台語拼音（台語文）
我們	guán（阮）不包括聽話者。
每次	kiàn-pái（見擺）
都會	lóng ē（攏會）
早餐店	tsá-tǹg-tiàm（早頓店）
內臟	pak-lāi（腹內）
全台 名聞遐邇	Tíng-káng ū miâ-siann, ē-káng siōng tshut-miâ.（頂港有名聲，下港上出名）
白吐司	sio̍k-pháng（俗麭）
麵包	pháng（麭）
品嚐	tsia̍h khuànn-māi（食看覓）
果醬	kué-tsí-tsiùnn（果子醬）

華語	法語
早餐	petit déjeuner
麵包店	boulangerie
超市	super marché
可可粉	chocolat en poudre
麥片	céréales
咖啡	café
茶	thé
奶油	beurre
果醬	confiture
可頌	croissant

關於法國人的早餐習慣

小乖

因為比賽，後來有機會到外地，吃到外面的早餐，但其實是在咖啡店吃的！總有些套餐可以選。A套餐可能就是長棍麵包切片，塗奶油、各式果醬，再搭熱巧克力；B套餐就是巧克力麵包搭配咖啡、茶；C套餐就是可頌搭柳橙汁。

我的天啊！法國是全國統一規定要吃甜的當早餐嗎？

在法國絕對看不到任何早餐店，因為早餐店文化是台灣特有的，法國只有麵包店。一般法國人早上很早去麵包店買東西，再帶回家吃，或是周末去超市採購麵包、吐司回家。

由於法國人早上不喜歡吃鹹的（一大早吃香腸跟蛋的法國人是少數的），法式早餐基本以甜食為主，包含一碗牛奶。年輕人喜歡加可可粉或者是麥片在牛奶裡，而大人偏愛另外喝咖啡或茶。

台灣人會把牛奶加入茶內變奶茶，但是法國人不會。

法國人早餐喝飲料，通常也會搭配乾麵包、白吐司或麵包塗奶油或各式果醬，或吃甜酥麵包，像可頌、巧克力麵包、葡萄麵包、蘋果麵包、奶油麵包等。

另外啊，法國人有一個很可愛的習慣；就是把麵包拿來沾飲料。

俗話說：「早餐要吃好，午餐要吃飽，晚餐要吃少。」雖然早餐是一天最重要的一餐，不過，現代人卻越來越忽略早餐的重要性，往往起床後，只喝了一杯黑咖啡就去上班，反而晚餐時為了自我慰藉而吃得過於豐盛，使得腸胃多了負擔，身材也走樣了。

總之，希望大家都能照顧好自己，並在美好的早晨時光，享用一天中最美好的一餐！

杯底
不可飼金魚

雷米

台灣人喝酒時，習慣說「乾杯」，或是說「杯底不可飼金魚」，至於聚會遲到的人，也往往得到「慢來罰三杯」的懲罰。因此一場聚會下來，很多人會喝得「馬西馬西」，甚至「抓兔子」。

根據我在台灣的觀察，台灣的飲酒文化也相當豐富精采，不輸歐美國家。台灣人多少都有一些飲酒習慣，當然也有些人是滴酒不沾。老一輩的偏愛烈酒，像是高粱酒之類；至於中壯年階層的，則是以喝紅酒跟啤酒為主；年輕人則多喜愛啤酒。

台灣原住民所釀的小米酒香甜可口，而且後勁很強。另外，一般店家還有販售藥酒，如保力達B及維士比等。我曾在台南新化販賣羊肉的餐廳，看過桌上放一瓶藥酒，然後標價一杯三十元。

法國的酒品文化也是歷史悠久、舉世聞名的。法國是全球重要的的葡萄酒產地之一，所以不管是紅酒（Vin rouge）、白酒（Vin blanc）或粉紅酒（Rosé），法國老一輩的人用餐時，餐桌上總少不了葡萄酒。

在法國，最廣為人知的葡萄酒產區有Bourgogne（勃艮第）、Bordeaux（波爾多）以及Beaujolais（薄酒萊），但是我家鄉普羅旺斯（Provence）在法國其實也是知名的紅酒產地。我是在葡萄園及酒莊遍佈的地區出生，加上阿公以前也有種葡萄，所以從小就對葡萄酒不陌生。

用來生產紅酒的葡萄得種植在貧瘠的土壤，如此葡萄藤的根才會努力往下扎，好尋找土裡的營養跟水份。這樣結出來的葡萄果實不會太大顆，但所釀出來的酒的風味，卻是相當有層次。

這跟我們做人的道理不也是很相似嗎？含著金湯匙出生的小孩從小若沒受過苦，只知茶來伸手、飯來張口，往後很容易一遇挫折便一蹶不振。反之，資源缺乏的小孩有時為了求生存，從小就會不斷的探索、發掘自我的潛能，努力地尋求各種發展的機會，如同葡萄的根想要尋找水源一般，越挫越勇，反而會累積更多經驗，來應對未來的挑戰。台語有句話說得好：「樹頭站得穩，不怕樹尾做風颱。」（樹根要是穩固了，就不怕樹梢被颱風吹襲），正是這種情況的說明。

法國人還有一種特殊的用餐習慣，就是在餐前喝開胃酒（Apéritif）。一般喝開胃酒，是下班回家後，好好享用晚餐之前；假日請朋友來家裡吃飯時，也會喝一些；家庭聚會時，餐桌上也絕對少不了開胃酒來幫大伙打開食慾。

除了果汁和糖水，開胃酒是法國人常見的飲料，選用的酒品可以是啤酒、水果酒、基爾酒、香檳、茴香酒、威士忌、干邑白蘭地或清淡的白葡萄酒等。

喝開胃酒時，通常會搭配一些簡單的開胃小點，如鹹餅乾、洋芋片、橄欖、花生米、醬肉拼盤、鹹派等等，因為開胃小點真的很開胃，得避免吃太多，免得還沒吃到主餐就已經先吃飽了。甚至還有些餐廳會提供開胃菜加主菜吃到飽的服務呢！

另外，在享用大魚大肉的一餐後，為了幫助消化，有的法國人還會飲用餐後酒（Digestif）。

整體來說，法國人的生活根本離不開酒，我們或許可以說，法國美食只要少了酒，就會索然無味。

老一輩的人用餐時，桌上一定得有一瓶紅酒。但是對於一些住在鄉下，從小便在種葡萄、釀葡萄酒、喝葡萄酒長大的農民來說，一天只喝兩杯葡萄酒，是件很困難的事情。就連在普羅旺斯，很多老人家也是從小把紅酒當水喝的。

不過，最後是吉雷米的小叮嚀，記得：「開車不喝酒，喝酒不開車！」（Lim-tsiú bē-tàng khui-tshia，khui-tshiabē-tàng Lim-tsiú 啉酒袂當開車，開車袂當啉酒）

一粒米的
台語＆法語教室

華語	台語拼音（台語文）
喝酒	lim tsiú（啉酒）
乾杯	kan-pue／hōo ta-lah（予焦啦）
喝酒喝得神志不清	lim-tsiú lim kah má-se-má-se（啉酒啉甲馬西馬西）
嘔吐	lia̍h-thòo-á（掠兔仔）
烈酒	kāu tsiú（厚酒）
米酒	bí-tsiú／hàinn-thâu-á（幌頭仔）
啤酒	biiru／be̍h-á-tsiú（麥仔酒）
紅酒	âng-tsiú

俚語與俗諺

杯底不可飼金魚	pue-té m̄-thang tshī kim-hî（杯底毋通飼金魚）
慢來罰三杯	bān lâi hua̍t sann pue
樹頭站的穩，不怕樹尾做風颱	tshiū-thâu khiā hōo tsāi, m̄ kiann tshiū-bué tsò-hong-thai（樹頭徛予在，毋驚樹尾做風颱）

華語	法語
喝酒	boire de l'alcool
勸酒	trinquer／porter un toast
開胃酒	apéritif
茴香酒	pastis
果汁	jus de fruits
香檳	champagne
威士忌	whisky
紅酒	vin rouge
乾杯	santé／tchin-tchin／cul-sec
嘔吐	vomir

關於法國人的敬酒語

法國人勸酒時，都會舉起酒杯，大喊一聲「Santé」，就是祝福對方健康的意思。有的人也互碰酒杯，並喊：「Tchin-Tchin」。

後者這個字的由來很有趣，據說是在清朝末年英法聯軍之役時，法國人發現，每當宴席上的中國人舉起酒杯，都會向身旁的人說聲：「請，請！」後來法國士兵便把這個詞帶回了家鄉，敬酒時開始效仿中國人這麼說，不過卻喊成了「親、親！」。久而久之，「Tchin-Tchin」這個詞也在法國流行起來。

若是要讓對方真的「乾杯」，一口氣將酒喝完，法國人會說「Cul sec」。法文的「Cul」是「屁股」的意思，但「杯底」也是叫「Cul」。所以不要誤會，「Cul sec」是「乾杯」的意思，而不是「乾屁股」喔！

普羅旺斯的巨人

雷米

世界上只要是有山的國家，其國內大都有受到眾人景仰的指標山脈。在台灣這個山多到不行的島嶼，當然也有許多山是令人印象深刻的，比如台灣五嶽之一的南嶽——北大武山、泰雅族的神山——大霸尖山，當然更不可忘記每位登山客心中不可遺落的拼圖——玉山，以及從很久以前就受到布農族與鄒族的崇拜、一生一定要挑戰一次的合歡山，登上海拔3275公尺的武嶺之巔，更是每個跑者與單車客的目標。

我家鄉普羅旺斯最高、最使人有幻想的傳奇名山，就是「普羅旺斯的巨人」——風禿山（Mont Ventoux）。風禿山聞名世界的原因，來自於它是環法自行車大賽最艱難的一站。風禿山的法文叫Ventoux，是「多風」的意思，因為山頂上整年颳了強勁的「密斯特拉風」（Mistral）。普羅旺斯雖然沒有像台灣有東北季風，或者是颱風這些厲害的自然現象，卻也有三十多種不同的風，其中最有名的就是我們當地的密斯特拉風，是一種西北風，風速最高紀錄曾達到每小時三百公里以上。冬天很少人敢上去風禿山，因為天候條件不良，山頂最低溫度可達攝氏零下二十度，加上有強勁的風勢逼退人類前進的勇氣，甚至穿越山區的馬路也常被迫關閉。不過，只要山頂沒有降雪，或是颳太大的風，溫度比較理想，世界各地的遊客都喜歡來這裡挑戰「普羅旺斯的巨人」。大多數旅客選擇開車上山，每年也有許多人騎著自行車來挑戰它長不見底的陡坡，藉由挑戰環法最艱難的一站來證明自己的能力，當然也有人徒步健行到山頂。

據說也有許多日本畫家來這裡取景作畫，因為風禿山的模樣讓他們想起故鄉的富士山，因而風禿山也被稱為「普羅旺斯富士山」。

有一回在故鄉參加風禿山半馬，順便檢視所有訓練的成果，參賽的目標，就是測驗自己能以多麼快速的腳程抵達終點。不過這次主要是陪朋友跑，所以我也無需在意是否能創下紀錄或是個人排名。由於我是希望朋友可以跟我一起順利跑回終點，所以速度得平易近人。我把目標放在二個半小時的限時內到達山頂。此外，當時在法國度假的我，已經兩個月沒什麼練習，體重多了三公斤，在這種狀況之下，剛好來一場無壓力的輕鬆賽跑。

對我而言，一向都很想用雙腳來爭取這座神山的證明。但是因為種種因素，過去一直沒有機會能夠實現這個夢想。

這次在天時、地利、人和的條件都具備下，今年回法國時，巧遇一位具有同樣夢想、屬於短距速度型的朋友，他告訴我七月底想要參加一場比賽，賽事是在風禿山舉行，路線很特別，因為要從山腳的「貝端村」（Bédoin）跑到海拔1912公尺高的風禿山山頂。賽事距離雖然只有21.5公里，屬於半程馬拉松，難度卻相當高，因為一路都是爬坡跑到終點，直到山頂前，完全沒有下坡路段。

朋友問我要不要跟他一起跑，因為他過往只有跑過十公里賽事，希望我能幫他配速。一聽到這請求，我心裡旁白著：「夭壽！我從來沒當領跑員啊！我自己已經不太會配速，深怕跑一跑，不小心忘記我的任務而跑太快，讓你口吐白沫，慘死在路邊！」

猶豫了一下子，我最終戰戰兢兢地接下這任務。「好，弟弟，爬上風禿山沒這麼恐怖！小菜一碟啦！包在我身上，我會好好陪你！」我這麼回覆他。只是說起來容易，實踐起來卻不簡單。對我來說，這次比賽算是個特別的經驗，因為是第一次當配速員，還是在自己的家鄉。

我平常參賽都是追求成績，一心只想著贏過其他參賽者，爭取排名，不過這次就有不同了。比賽當天，就像平時一樣，提早到了賽事現場，先塗抹低摩擦霜來減少摩擦，出發的三十分鐘前就開始熱身，前十五分鐘吃下一包能量膠。起跑前，由於沒有打算衝跑出去，因此一般賽事總是站在起跑線最前面的我，這次反而站在很多選手後頭。我雖然很興奮，卻也開始忐忑不安，不知道能不能當個好領跑員。我就是抱持著這樣的心情站上了起跑線。

該賽事最精彩的地方之一，就是起跑前的背景音樂。伴隨德國作曲家奧爾夫的音樂作品〈布蘭詩歌〉（Carmina Burana）萬馬奔騰的節奏，五百多位選手在這氣勢磅礡又亢奮的氛圍下，向著山頂出征！平常習慣跟領先跑者一起出發的我，這次不能同那些精英選手一起較勁，只能目送他們遠去的身影，實在有些不習慣。

自己負責的跑者寸步不離地跟隨我的腳步，而我即使用最適合他的速度，外加面帶笑容地帶著他跑，一路上卻一直帶著有點失望的情緒，心中的天使與惡魔其實一直在相互拉扯。

「對，就這樣！乖！不要太快，讓弟弟慢慢跟隨。」天使溫柔地跟我說。

「喂！吉雷米，你幹嘛跑這麼慢？趕快把黏在你屁股後的寄生蟲海放啦！」惡魔在我耳邊發出邪惡密語。

前幾公里，路面逐漸抬升。到了第六公里處的第一個補水站，賽道驟然崛起，步速因而相對的下降。沿途每當看到我陪跑的弟弟明顯得放慢腳步，明知他內心開始有了放棄的念頭，我還是會減緩速度跑在他身邊，進而用幽默的方式激勵他繼續往前跑。

當弟弟抱怨坡度太陡時，我就會俏皮地回他：「哈哈，不會啦，是角度的關係啦，好玩的才要開始咧！」「角度你的頭啦！明明是好漢坡，早知道就不要來，好累！」弟弟沒好氣地罵著。

通常比賽時通過補給站，跑者都會在此快速補充熱量，但是由於這場比賽賽道很陡，難度較高，所以一定要停下來好好補給，除了巧克力、香蕉與可樂，補給站也提供各式各樣的當地水果。因此，對於一直在爬升的跑者來說，每五公里左右設置的補給站就像沙漠中的綠洲。

在此有了足夠的休息後，我們繼續沿彎彎曲曲的柏油路面一路往山頂前進，鼓足幹勁地爬著一個接一個的斜坡。好在，賽道都在森林中蜿蜒，所以樹蔭多，相當涼爽，而且清晨順著山林跑步，看著沿途的綠意，聽著林中的蟬鳴、樹葉被風吹動的沙沙聲，讓人身心放鬆，能夠輕易忘卻自己的疲累與肌肉的痠痛。

就算我在競賽時，每當我超前一個選手，總會向他喊一聲「加油！」，也會回應路上任何幫我加油打氣的路人。同樣的，經過補給站時，我也都會感謝熱情的志工。記得上次在台灣池上馬拉松拿下總冠軍時，我幾乎失聲了！這幾乎已經成了我的路跑風格！

然而，因為這場比賽的地理條件特殊，以及交通管制的關係，除了主辦單位派出的志工，沿途遇到的路人非常的稀少。

大概跑了十五公里左右，我們抵達位於海拔1440公尺高的第三個水站。這裡有座建築物叫Chalet Reynard，不但是山上唯一的餐廳，也算是從山下出發後，第一個可以讓選手們喘息的平坦路段。從這邊可以望見山頂，導致初次來到Chalet Reynard站的人，一定會有終點快到的錯覺。

熟悉風禿山的人才會知曉路還很長，從山下至今平均坡度7.1%的路段，只是個開胃菜而已，而真正的痛苦才正要開始。即使離終點只剩下六公里，從這裡開始，坡度更爬升至12%，加上除了風化的石灰岩外，沒有任何的植物和樹木可以躲開強風。換句話說，此地只是巨人的嘴巴，「普羅旺斯野獸」不會讓勇者輕易地爬到他的頭上。

我常跑山路，這種坡度早已司空見慣，更何況對於我這個在普羅旺斯土生土長的男孩來說，這裡可是我的主場地，迎著密斯脫拉風前進應該是習以為常。可是老實說，陡峭坡度加上強烈逆風的雙重考驗，實在是太為難人啦！沒想到快到山頂，風竟然會吹襲得這麼厲害，溫度也突然驟降。當下風速應該是每小時一百公里以上，讓我們的進程十分不順，並沒有感覺在向前進。此外，山頂童山濯濯，處處都是光禿禿的石頭，彷彿置身月世界，沒有提供任何我們可以遮風的地方。在終點前的這幾公里，我真正的體驗到攀登「魔山」的痛苦，害我差點忘卻我原本的任務。身為領跑員不能偷懶，更不能放棄！

二十一公里的一路爬升果真不是蓋的。沿途中我們超越了不少選手，同樣也被一些勇者超前。無論如何，不管是第一名或是最後一個抵達終點，這些參賽者個個都是值得欽佩的。

只是報名這場比賽前，一定要考慮好，你要擁有一顆強大的心臟跟一雙牢靠的雙腿，才能夠爬上普羅旺斯巨人的脊椎。

五公里、四公里、三公里……，山頂上的氣象站越來越近，不過坡度太陡峭，狂風也開始吹得亂七八糟，最後兩公里的確是最辛苦的路段。因為一直在爬坡的關係，四頭肌開始痛起來，我越想衝，腳步越慢，完全無法衝刺這最後幾公里，這實在是令人挫敗的一件事情！經過辛普森（Tom Simpson）的紀念碑，我突然想起這名英國單車手的悲劇。在1967年的環法自行車大賽，辛普森在接近山頂前的兩公里，因為熱衰竭突然倒地，最後死在風禿山的陡坡上。後來法國人在他死掉的地方，為他立了一座紀念碑。從此以後，全世界的單車迷都來到這邊朝聖紀念這位車手。

越是回想故事，就越深怕同樣的慘劇發生在我身上：在終點前的最後一段不支倒地、四腳朝天。

好在，就像環法自行車大賽，山頂有一大群人在路旁幫所有的選手加油打氣。聽到民眾齊聲的喝采，低頭慢慢前進的我突然舉頭，看到眼前設在山頂上的終點。接下來的幾秒鐘，雙腳終於踏上普羅旺斯巨人的頭，魔山被我打敗了！不久後，弟弟也跑來給我一個友誼的擁抱，不斷地感謝我幫他完成夢想。一切辛苦，一切堅持都有回報。

羅納河谷、呂貝宏山、阿爾卑斯山、塞文山脈、地中海，站在山巔，整個普羅旺斯宏偉壯麗的景致盡收眼底，山頂壯闊的風光令人流連忘返。而三家山頂風味小鋪也值得留下足跡：一間糖果鋪、一家餅乾店、一家臘腸與麵包店，隔壁也販售風禿山才有的紀念品，比如地標字樣、海拔標示牌縮小版……，可以用來紀念這趟勇者之旅。

我們兩個就這樣站在風禿山山頂的那座電訊塔下，遠眺山下的美景，幾乎忘了時間的存在。此刻，心裡充滿了愉悅與成就感，暫時感受不到雙腳的疼痛、山頂的狂風與氣溫變化。

我再一次震懾於普羅旺斯的綺麗，原來自己生長的土地是如此美！我想，這當中的魅力，只有親身經歷過的人才知道。

一粒米的
台語＆法語教室

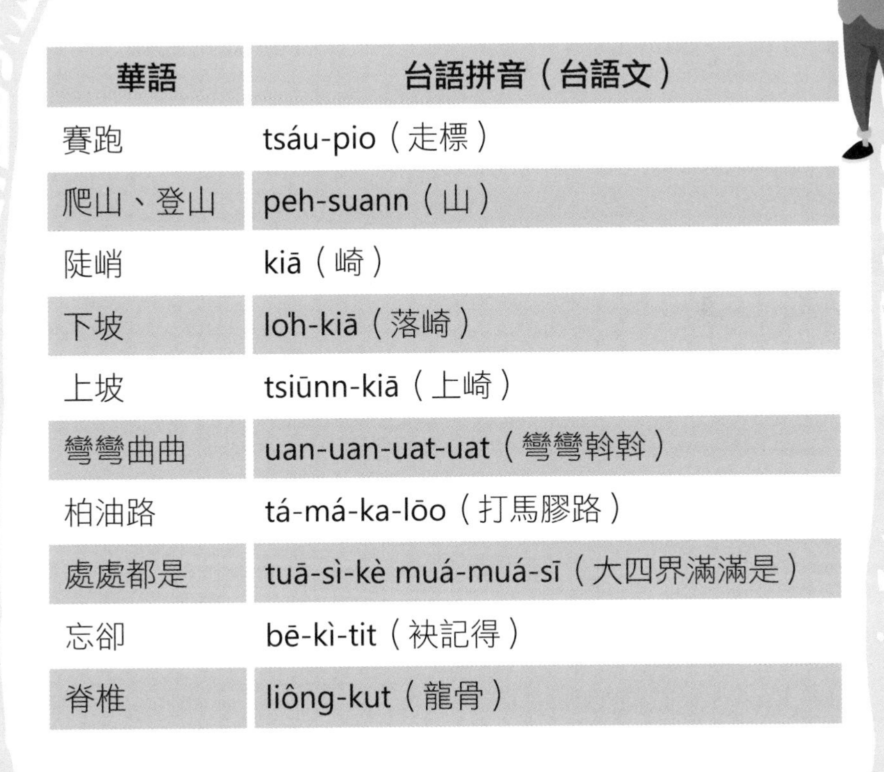

華語	台語拼音（台語文）
賽跑	tsáu-pio（走標）
爬山、登山	peh-suann（山）
陡峭	kiā（崎）
下坡	lo̍h-kiā（落崎）
上坡	tsiūnn-kiā（上崎）
彎彎曲曲	uan-uan-uat-uat（彎彎斡斡）
柏油路	tá-má-ka-lōo（打馬膠路）
處處都是	tuā-sì-kè muá-muá-sī（大四界滿滿是）
忘卻	bē-kì-tit（袂記得）
脊椎	liông-kut（龍骨）

華語	法語
山	montagne
挑戰	défi
陡坡	pente raide
風景	paysage
賽跑	course
小菜一碟	facile／c'est du gâteau !
涼爽	frais
熱情	enthousiaste
山頂	sommet
加油	allez

關於
密斯特拉風

小乖

第一次跟雷米回去法國時，是在幾年前的五月初，那時我們規劃在七月底回台。那次我帶了很多套洋裝，想要去薰衣草園裡拍些美美的照片，想想看，穿著洋裝的美女徜徉於薰衣草園，並拿著裝滿花的竹籃旋轉跳躍，這拍起來是多麼美麗的畫面啊！

只是在準備行李時，雷米告訴我說天氣可能還會有點冷，記得帶點厚衣服，我心想：「台灣的五月天明明就熱個半死，真的需要帶到厚衣服嗎？」最後只隨手把一件羽絨外套放進去。

沒想到在法國的那90個日子，我始終離不開那件羽絨外套。

有時甚至會吹起像颱風的風，溫度又會再降個幾度，雷米告訴我那是「密斯特拉風」（Mistral），跟台灣的東北季風有些類似。

這種風一來，總是會連續颳個兩三天，但很奇妙的是，會颳三天休三天，但一年會吹個一百至一百五十天，屬於乾寒而強烈的西北風。南法人對於密斯特拉風，可說是又愛又恨，一方面密斯特拉風來時，會把來自馬賽工業區的空氣污染給吹走，另一方面是它一颳就會颳上好幾天，讓人討厭，若是又遇到冬天，這股冷風更會使溫度再降個好幾度。而且密特斯拉風的風速強到讓人擋袂牢。有時不但把樹給吹斷，甚至還會把屋頂上的瓦片掀起，所以居民們通常在吹著密斯特拉風時，會儘量少出門，以保安全。

好冷
好冷啊！

雷米

對我這個法國人說，台灣的氣候真的可以說是「三季如春」，尤其在南台灣。除了溼熱的夏天外，其餘三個季節的差別不大，都很暖和，甚至有些年的聖誕節，我是穿著短袖度過。

但在2016年的一月時，一道霸王級的寒流來襲，明明是處在熱帶與副熱帶之間的台灣，在這次強烈寒流中，多數地方都降到史上最低溫，有些海拔不高的地方也都降下白雪或冰霰。這次的低溫，是我在台灣多年以來，真正感受到冷的一次。

不過寒冷的天氣對於馬拉松跑者來說，其實是破PB的好機會。還記得霸王寒流來臨的那個周末，我們夫妻倆得到兩個馬拉松賽事會場擺攤的機會，我也就連續兩天都參賽。阿猴國興盃公益路跑賽在星期六首先登場，當天氣溫已開始下降，在天氣有點濕冷的情況下，我訓練量也很足夠，又遇到一些不錯的跑者順順配速，加上我也把厚重跑鞋換成了全新的輕量跑鞋，我跑出截至當時最好的全馬成績——二小時四十八分。

這場路跑賽大破PB後，老實說，雙腳痠痛得很，心想隔天的雙潭半馬賽是不可能再拚新成績，所以打算把它當恢復路跑。

星期天一大早出門，就發現氣溫比前一天降得更低，凌晨四點時的氣溫不到五度，「阿娘微！那ㄟ加冷！」可真是著實讓我的「雞母皮」都豎起來了。抵達嘉義賽會會場後，更深切地感受到這場寒流的寒意。天開始下起霏霏細雨，凜冽的寒風也陣陣吹來，我的腳才剛踏出車門，就馬上冷到縮回車上，不想離開可愛溫暖的車。

在大賽起跑前的一個小時，現場只見寥寥幾位選手，很反常。去年的同一個時間點，會場早已經人山人海了呢！我與小乖在布置我們的攤位商品時，也開始懷疑今天到底會不會有人來跑。好在接近開跑時刻，參賽者陸陸續續抵達了會場，讓我們寬心不少。

只是在這種惡劣的天氣狀況下擺攤很辛苦，我在比賽前一直忙著幫忙老婆，也幾乎沒時間熱身。

關於應對天氣的穿著，「重量越輕、負擔越少越好」是我一貫的賽衣選擇。由於今天實在太冷了，我知道若不加些衣物，恐怕會因為流汗，導致失溫而跑不下去。所以我穿了件輕薄的風衣外套，頭戴毛帽，又因為我習慣穿短褲跑，所以我額外套上小腿套，並搭配我的新戰鞋。我對這身裝備很滿意。只可惜賽前本來想到的手套，竟因一忙之下忘記帶上，導致手指凍得有些受不了。

開跑前，我預估這場比賽是不可能再獲得好成績了。起初不想加入競爭行列的我，路上遇到了一位日本選手，我們便一路配四分速來跑，一邊用中文和日文聊天。結果，我最後以一小時二十五分的時間完賽，並拿下這項賽事的季軍，和第二名僅有幾秒之差。

這天，經驗了很多「第一次」。第一次在兩天之內跑了全馬和半馬，更是第一次在相當冷的天氣中比賽，也是首次穿外套、戴著毛帽賽跑。

回頭說說我的故鄉吧！在南法，一年四季的變化相當明確，而且夏天與冬天有著天差地別的景象。七八月是南法的觀光旺季，世界各地的觀光遊客，都樂於前來南法享受溫和宜人的天氣與燦爛嫵媚的陽光。你很容易看到南法的每一個村落裡到處都是觀光遊客，市集的人潮絡繹不絕，露天咖啡座更是一位難求。可是一到秋天，遊客數就跟氣溫一樣，下降得很快，市集裡的人聲也不再鼎沸，秋風的到來，同時也把人氣給吹走了。

冬天的普羅旺斯更是冷得不討人喜歡！沒有陽光的日子裡，老城區徹底地荒涼，沒有遊客，連在地人都很少在外頭遊蕩。刺骨的寒風冷冷地吹過狹窄的街道，村莊像極了一座座死城。有時在溼漉漉的天裡起了一場大霧，更添增鬼魅氣氛，讓我不禁聯想起電影《沉默之丘》裡的鬼城。

冬日的天色在下午五點就黑了，氣溫一般約十度左右，只有少許時日則會降至零度以下。每年大約會下雪一次，多數人都希望降雪的日子是在聖誕節，因為想在佳節時見著這應景的潔白雪花。

至於普羅旺斯的春天，天氣還是相當寒冷。我們在法國有這麼一句俗諺：「En avril, ne te découvre pas d'un fil.（四月，連條毛線都不要脫掉。）」還有一句是這樣的：「En mai, fais ce qu'il te plaît.（五月，做你想做的事）」，是說五月天氣開始增溫後，就可以脫掉厚重衣物。

那兩句法國俗諺的意思，很像廣東話所講的：「未食五月粽，寒衣不入籠。」，因為五月前的天氣還會有冷的時候，不宜過早把大衣收起來。

總的來說，台灣的冷是阿嬤怕你冷，偶爾才會冷；南法的冷是毫無疑問的冷，出門踩到雪的冷。

一粒米的
台語&法語教室

華語	台語拼音（台語文）
這個	tsit ê（這个）
短袖	té-ńg（短䘼）
冬天	kuânn-thinn（寒天）／kuânn-lâng（寒人）
起霧	tà-bông（罩雺）
下雪	lo̍h-seh（落雪）
下雨	lo̍h-hōo（落雨）
陣雨	tsūn-hōo／sai-pak-hōo（西北雨）
濕冷	âm-líng（澹冷）
水災	tsuí-tsai／tsò-tuā-tsuí（做大水）
颱風	hong-thai（風颱）

華語	法語
冬天	hiver
起霧	il y a du brouillard
下雪	neiger／il neige
下雨	pleuvoir／il pleut
雨季	saison des pluies
濕冷	froid et humide
水災／洪水	inondation
颱風	typhon
污染	pollution

還真是
快被烤焦了

雷米

說到台灣的夏天，冷飲、冰品、冷氣機大概是家家戶戶不可或缺的三寶，因為台灣的夏季相當溼熱，只要一踏出家門，就好像會被烤焦一樣。甚至一過中午，路樹好像都受不了豔陽的毒辣，而顯得無精打采，連馬路上的柏油也看似要融化一般在冒煙。

而我的家鄉——法國普羅旺斯的夏季可不是這樣，與台灣是大相逕庭。普羅旺斯位於法國南部，屬於地中海氣候區，夏季白天的氣溫雖然有時會高到三十度以上，但因為溼度較低，所以不會比又濕又熱的台灣夏天難受，反而是令人感到非常的舒服與享受的一個季節。

小時候，我的父母在暑假時，常常帶全家去海邊玩，而我喜歡在那裡戲水與做沙堡。長大後，就像多數法國人一樣，養成了一種也說不上是奇怪的習慣——出外曬太陽，做個充足的日光浴。

夏季來臨時，法國人總喜歡到海邊曬太陽，躺在沙灘上，身上穿得越少越好，想把自己的膚色曬得深一點，也曬得均勻些，因為法國人覺得有古銅色的肌膚比較漂亮。

來到亞洲後，我發現東方人的審美標準完全不同，反而覺得皮膚白比較迷人。難怪在海邊看到的年輕人，大都是穿著衣服玩水。

我個人覺得美是沒有一個絕對標準來衡量的。所以，我喜愛太陽的原因，單純只因為自己來自一個日照多的地方，早已習慣曬太陽，與美醜無關。

還記得我第一次到花蓮七星潭時，見到陽光普照的海灘，不知天高地厚的我，因為想要沐浴在陽光下，就在沙灘上打赤膊，躺上半天。但傻傻地連續曬了約六小時的太陽。下場就不堪設想！回到家後，我頭暈想吐，感覺好像中暑，而且整個身體嚴重的曬傷——我的皮膚被曬得紅通通，跟鋼鐵人的盔甲一樣紅，也痛到只能用冷水慢慢清洗。接下來的症狀更讓我驚慌，一天後，皮膚就開始長起大大小小的水泡，還在幾天後開始嚴重脫皮。

經歷這些痛苦後，我才意識到台灣陽光的毒辣，如蛇蠍一般，根本不適合做法式日光浴啊！我真是太低估太陽公公的威力了！於是，之後每當從事戶外活動前，我都乖乖地做好防曬措施！

法國的夏天雖然不像台灣那麼溼熱，太陽公公在我們那兒也變得親切許多。不過這些年來，卻常可從電視新聞中得知，夏季的歐洲常遭逢一種極端的天候現象襲擊——熱浪，我們普羅旺斯話稱之為Cagnard。當熱浪來襲時，常使氣溫飆到四十多度，那段時間可真讓人「熱不堪言」，因為法國人的家裡很少見到冷氣機，甚至連電風扇都沒有。

有一年夏天，我們回去法國。某一個晚上，當我們全家人都待在客廳看電視時，我的父母看著新聞跟我們說：「再過幾天會有熱浪啊！」總是待在台灣的小乖只在新聞看上過歐洲熱浪，並沒親身經歷過，所以她很想感受看看。倒是我們家會做些基本防護措施，我家的房子是石頭砌的，所以夏天特別涼，但是面對熱浪時，我們會把木窗先關上好隔絕太陽，也會拉下紗窗讓空氣流通。而平時沒事會多喝水，也減少外出讓太陽直曬的機會。

當真的熱浪來襲時，小乖第一天就投降了，第二天我們便去超市買了一台電風扇，第三天她得把全身塗滿了薄荷涼劑才能好好睡覺。

在氣候持續暖化的情況下，可以預想到未來這種熱浪的侵襲只會越來越頻繁！

夏季在少雨又高溫乾旱的情況下，萬一又吹來密斯特拉風，森林火災發生的機會就很大。我清楚地記得在1989年某一天發生的事。那天爸媽帶我們去紅土城（Roussillon）健行，走了二十分鐘的森林步道後，找到一個不錯的地方野餐。才開動沒多久，突然一股熱風從我們後方吹來，接著聞到一股煙味。本以為是周遭有人在烤肉，但這味道沒有烤肉的香氣，反而是樹葉燃燒的氣味，而且越來越濃。我一回頭，看見一股黑色濃煙已經開始向我們野餐的地方移動。當意識到黑煙是由大火產生時，而火源就在不遠處，爸爸立刻叫我們往步道入口跑。當下，我一邊跑，一邊好奇地回頭望，森林中已經燃著熊熊烈火。回家後，從新聞得知，這場大火摧毀了八十畝以上的林地！

只是釀成這場森林火災的原因，是因為有一堆乾草枯葉，加上當天也吹著密斯特拉風，所以大火才來得又快又急。不過真正的罪魁禍首卻是不是乾草堆或是大風，而是人類的疏忽草率，據說有人抽了菸後隨手丟棄，菸頭上未熄的火星點燃了乾草，加上密斯特拉風的助長，才進而引發了林火。幸好這場火最終被撲滅，否則後果應該會不堪設想。

大自然的力量雖然大，但引發災害的，往往是一些人為的因素啊！

一粒米的
台語＆法語教室

華語	台語拼音（台語文）
說到	kóng-tio̍h（講著）
夏天	lua̍h-thinn（熱天）／lua̍h-lâng（熱人）
乾燥	ta-sò（焦燥）
潮濕	tâm-sip（澹溼）
曬太陽	pha̍k-li̍t-thâu（曝日頭）
躺在	tó tī （倒佇）
沙灘	hái-phiânn（海坪）／hái-sua-poo（海沙埔）
均勻	tsiâu-ûn（齊勻）
火焰	hué-iām／hué-tshiu（火鬚）
草率	ló-tshó（潦草）

華語	法語
熱浪	canicule
夏天	été
氣候	climat
天氣	temps／météo
氣溫	température de l'air
乾燥	sec
潮濕	humide
太陽	soleil
曬太陽	bronzer
沙灘	plage

關於
歐洲熱浪

熱浪是指天氣在一段長時間，持續保持過分異常的高溫炎熱，同時可能伴隨著很高的濕度。這種現象在某些地區特別容易出現，例如地中海氣候區。

嚴重的熱浪會引起災難性的農作物欠收，甚至會導致人類或動物死亡。高溫引起的脫水、熱衰竭和中暑，對體弱、心臟病患、腎臟病患、呼吸道疾病患者、長者和幼兒特別危險，是最易受熱浪致命的族群。

尤其是六月的的熱浪可能特別致命，因為人們經過寒冷的冬、春天，身體還沒時間適應更高氣溫，突如其來的高溫會讓很多人受不了。

2003年夏天的法國熱浪嚴重，導致了一萬五千人死亡，通常都是體弱的老人、街友及沒有冷氣的民眾受到傷害。熱浪也會造成嚴重的旱災，當時在我家測到的溫度有四十三度！那一年南歐共有三萬五千人不幸喪生。2009年夏天，歐洲再次遭受了幾波嚴重的熱浪肆虐，這幾波熱浪，也再次打破法國高溫的新紀錄—四十六度！

全球氣候暖化也讓熱浪發生頻率升高，希望大家要好好的善待地球，不然以後的子孫只會面臨大自然更嚴重地反撲。

食甜甜，過好年

雷米

有一年冬至，丈母娘知道我們忙，沒什麼空過節，就煮了一鍋湯圓，並拿到家裡給我們吃。裡頭的湯圓小小顆，但有紅、白兩種顏色。

我很好奇為什麼要做成不同顏色，Google了一下，才知道所謂的冬至是晝夜長日「交接」的日子，紅白湯圓其實就是「陰陽交接」的象徵，也具有「團圓吉祥」之意。不過湯圓還有另一種樣式，比較大顆，叫「圓仔母」，包有甜或鹹的餡料，像是肉餡、芝麻、花生，甚至還有珍珠奶茶口味。

老婆跟我講，小時候大人都會說「吃一次湯圓，長大一歲」，而她二十八歲後就再也沒吃了，所以她現在還是二十八歲。這種說法真搞笑，是想騙法國人的「古意」嗎？

說起各國節日，也常常會有一些代表的節慶食物，當中都有它們的歷史背景和特殊文化意涵。像是台灣人過年時，餐桌上擺有年糕，代表「年高、長壽」之意；吃魚，表示「年年有餘」。我還看過有人過年會吃餃子，因為餃子的外型很像是元寶，代表「招財進寶」，同時也有「喜慶團圓」和「吉祥如意」的意思。而過年時以火鍋來圍爐，在台灣也很常見。台灣人真愛歡歡喜喜地撐飽肚子來過年，嘻！

法國的節慶也很多，有些跟宗教有關，有的則是源自國家歷史。跟台灣相似的是，在一些傳統節日裡，法國人的親朋好友也會聚在一起吃美食。

在法國，聖誕節就像台灣的新年，從平安夜開始，一直到一月六日主顯節那段時間，是屬於法國人的新年假期，也是法國人一年中吃最多的時候。每年十二月初，我們就會開始裝飾自己的家，多數家庭會買一棵聖誕樹來應景，並在上頭套上彩球、花環和一些裝飾品。在普羅旺斯地區，我們還有另外一種傳統裝飾，叫做Crèche（聖誕馬槽），是用各種材料來布置耶穌誕生的畫面，以及傳統的普羅旺斯生活場景，並放一些小人偶（Santons）在裡頭。

我們從十二月二十三日開始，就在準備過節食物。二十四日一早，我爸會弄聖誕烤雞：先把雞肚子從中間剖開，往裡頭塞進豬肉松露泥，再把雞的肚子縫好，並送進烤箱。我自己則是幫媽媽做我最愛的聖誕樹蛋糕。我家信奉天主教，所以二十四日當晚，全家人只會吃個簡單的晚餐，就前往教堂參加午夜彌撒，迎接耶穌誕生日，然後再回家吃甜點。按照普羅旺斯的傳統，平安夜必須吃十三個甜點（Treize desserts），這些甜點象徵耶穌與十二個門徒的最後晚餐，內容有柳橙、蘋果、梨子、蜜柑、無花果和椰棗六種水果，葡萄乾、杏桃乾兩種水果乾，和杏仁、核桃、榛子等三種堅果，加上牛軋糖跟橄欖油麵包，跟台灣過年吃的食物一樣，都有吉祥意義。

聖誕節那天，有些親戚會到我們家，共享豐盛的聖誕大餐，並且交換禮物，度過一段溫馨歡樂的時光。隔天早上，吉家的小朋友們會迫不及待地去拆開放在聖誕樹下的禮物，之後再跟父母出門，去拜訪各個親戚朋友。

新年的前一天，就是跨年日（Réveillon de la Saint-Sylvestre），無疑是法國人一年喝最多的一天，因為酒水不停供應。而新年當天（Jour de l'an）又是家人團聚、大夥再次共享豐盛大餐的日子，那天可以吃到非常多普羅旺斯的山珍海味，像是禽肉、生蠔、鵝肝等，還能嘗到數不清的甜點，如巧克力蝴蝶糖、松露巧克力等，都是我一吃就停不下來的甜品。

一月六日的主顯節（Épiphanie），是天主教徒紀念耶穌首次顯現於東方三王面前的節慶日。一如台灣人在中秋節會吃月餅，法國人在主顯節這天，會和家人吃一款傳統糕點，叫做「國王派」（Galette des Rois）。「國王派」的名稱來自聖經的故事：在東方的三王得知耶穌誕生，便帶著乳香與黃金，朝著伯利恆之星走，最後找到了耶穌誕生的馬廄。傳統上，我們會在國王派的內餡裡放一粒蠶豆（Fève）或者一個小小瓷偶，在分食派的時候，吃到瓷偶的那個人就可以戴上王冠，而且可以幸運一整年。

來台灣後，我幾乎沒有機會再吃到國王派了，反而改成在中秋節吃月餅。不過我也蠻喜歡月餅的，因為裡頭包有甜餡料。

在台灣眾多的節慶食物中，我最喜歡麵龜，很像紅色饅頭，有紅豆沙或綠豆沙口味，通常是拜拜和慶典時才有。我丈母娘知道我喜歡吃這個，常常買來給我，我肚子餓的時候就會蒸來吃，而這也成了我跟丈母娘之間的默契。老婆不知道這份默契，有一次看到廚房裡的蒸籠在冒煙，心想是誰在蒸東西，前去打開蒸籠一看，先是一陣薰眼的蒸氣，緊接著映入眼簾的，是兩顆紅通通的麵龜，當下竟然笑到「沒丁沒當兼並軌」。

台灣還有一項節慶食物很吸引我。有一次在清明節前，我跟老婆去傳統市場買菜，某一攤位上大排長龍，我好奇的往前一瞧，發現那群人在買一疊白色圓餅狀的東西。只見老闆手腳俐落地拿著一糊麵糰抹在燒燙燙的圓鐵板上，又很快地取下成品。我回頭問老婆，才知道這是春捲皮。之後又有一次遇到賣春捲的攤位，我買了一個嘗鮮，裡面滿滿的蔬菜餡料，滋味挺不錯的，很爽口，從此我便愛上這清爽的口感，常常買來吃。我發現各家販賣的春捲口味其實不太一樣，不過裡頭的餡料，通常以豆干、香腸、魯肉，蘿蔔乾、韭菜、豆芽菜，高麗菜、紅蘿蔔絲為主，餡料大多以水煮或蒸熟方式料理，常見選用的肉類是紅糟肉，有時會以蛋酥替代，包成圓筒狀後就可直接食用。特別是這些食材是鹹的，最後竟會加入糖粉跟花生粉，對我這法國人來說還真新奇，因為我們通常不會甜鹹混著吃。聽說台灣南部與北部的春捲口味也不同，南部的會加入花生糖粉，或包入炒麵來增加飽足感，至於北部的春捲，我沒吃過，也就不知道有什麼不同了。

法國料理沒有春捲，但是有一道可麗餅。可麗餅的餅皮跟潤餅皮看起來很像，是用小麥粉、雞蛋、牛乳與奶油做的。一般的可麗餅主要是以甜食為主，所以吃的時候，會在餅上灑糖霜，或是塗上果醬、巧克力醬。可麗餅也是可以加鹹的配料在裡頭，像是雞蛋、乳酪、火腿、鮪魚，或是各式各樣的生菜。

我知道台灣也有可麗餅，但是餅皮跟法國的口感完全不一樣，台式的是有點像薄餅酥脆的餅皮，和日式可麗餅口感相似，而正宗法國可麗餅則是軟Q的。

一粒米的
台語＆法語教室

華語	台語拼音（台語文）
不同	bô kāng（無仝）
紅蘿蔔	âng-tshài-thâu（紅菜頭）
縫	thīnn（紩）
一些	tsi̍t-kuá（一寡）
蒸籠	lâng-sn̂g（籠床）
春捲	lūn-piánn-kauh（潤餅餗）
香腸	ian-tshiân（煙腸）
蘿蔔乾	tshài-póo（菜脯）
豆芽菜	tāu-tshài（芽菜）
爽口	suà-tshuì（紲喙）

華語	法語
可麗餅	crêpe
小麥粉	farine de blé
糖粉	sucre en poudre
雞蛋	oeuf
火腿	jambon
鮪魚	thon
乳酪	fromage
小人偶	santons
聖誕馬槽	crèche
十三個甜點	treize desserts

關於法國的節慶與紀念日

月份	節日
Janvier 一月	Jour de l'An元旦 Épiphanie（1／6）主顯節慶日
Février 二月	Carnaval de Nice尼斯嘉年華 Saint Valentin（2／14）情人節
Mars 三月	Pâques復活節 （復活節訂於每年的春分月圓之後第一個星期日）
Mai 五月	Fête du travail（5／1）勞工節 Victoire de 1945（5／8）第二次世界大戰歐戰勝利紀念日 Jeudi de l'Ascension耶穌升天日 （復活節過後的第四十日） Lundi de Pentecôte耶穌聖靈降臨日 Fête des Mères母親節
Juin 六月	Fête des Pères父親節
Juillet 七月	Fête nationale（7／14）國慶日
Août 八月	Festival d'Avignon亞維儂藝術節 Assomption（8／15）聖母升天日
Novembre 十一月	Toussaint萬聖節 Armistice 1918（11／11）一次世界大戰終戰紀念日
Décembre 十二月	Noël（12／25）聖誕節

出門在外，
錢財絕對要看好！

雷米

大多數台灣人心目中的法國，是個浪漫與時尚的國度，法國人天天在露天咖啡座悠閒地喝咖啡、聊是非，顯得有閒又有錢。但是啊，真實法國的生活，並沒有大家想像得那麼浪漫美好！

法國是擁有全世界慷慨的社會福利系統的國家之一，卻也是歐盟各國稅賦最高的國家，社會上貧富差距相當大[註1]，移民人口也多[註2]，失業率又高（失業者會把移民視為搶占工作機會及社會福利的外人），再加上時不時出現的非法移民、種族主義、宗教激進主義以及恐怖主義……等問題，簡直就像是許多不定時炸彈，隨時都會引爆法國！

相較於法國，台灣治安良好，這是我最欣賞台灣的地方之一。不管男女老幼、白天黑夜，或是大城鄉村，隨時

註1：據調查，法國最富裕的20%人口的收入，幾乎是最貧困的20%人口的五倍，貧富差距很大。

註2：法國居民總人口有6700萬，其中，移民人口有650萬人，幾乎占了總人口的10%，大部分是來自北非。

隨地都可以讓人在外頭走路走得很安心。

法國雖然是我的家鄉，老實說，有些地方，像是大城市的郊區，或是市區內人潮稀落的街道，每一入夜，我自己就不敢在外面趴趴走，怕在路上突然地被搶劫、被莫名其妙地毆打，或者遭遇更危險的情況。即便白天在人潮洶湧的地方，像捷運或者是各大觀光景點，也得隨時保持警覺，不要讓陌生人隨便近身。

更不用說在巴黎這個超級大城市，把名牌包包背在側邊或拿在手上，簡直是踩虎尾、踏春冰，也是扒手們眼中肥滋滋的羊兒。

對此，我自己有過切身經歷——曾在帶台灣的家人去巴黎旅行時遇上了扒手。就在我們於巴黎看完艾菲爾鐵塔後，在回飯店的地鐵車廂裡，乘客很多，我跟老婆好不容易坐到一個位置，她的弟弟跟妹妹只能站著。突然間，弟弟大聲地吼叫，我們直覺地往他那看過去，只見弟弟腳邊有一支手機，而妹妹剛好也在旁邊，那瞬間，我們以為是有變態偷拍妹妹的褲裙。

此時，列車剛好到站，車廂門開啟，一個看來像是吉普賽人或東歐人，連忙撿起那支手機要出列車門，於是我們聯手不讓他出門，並扣住那支手機，但他一派從容地告知手機是他的，小乖詢問弟弟後，確認弟弟的手機還在，所以是那個人的沒錯！但當下很慌亂，也不知道到底是怎麼回事，而且車門也快關了，只好放他走！

沒想到，那人匆匆走後，在他剛剛站的地方，地上出現了好幾張鈔票。這時弟弟摸摸口袋，接著低聲咒罵，因為那是他的錢！

於是我們急忙地把那些鈔票撿起來，其他同車廂的乘客也幫忙撿，感覺上撿到的都有還給我們！

離開地鐵站後，我們討論整個事情的經過，才發現，原來扒手故意把自己的手機放在弟弟的左腳邊，然後用力拉弟弟的左腳要去踩那支手機（就是弟弟吼叫的那時），實際上扒手是想聲東擊西，因為他的身體重心與注意力完全落在左邊，同時小偷的手就伸進右邊放錢的口袋，於是錢就被偷走了！可是突然被我們抓住後，失手了，錢撒一地，他也落荒而逃。

我們事後清點鈔票時，還是少了約一百歐元！但是我們自我安慰說沒人沒受傷，是不幸中的大幸。只是大家覺得在浪漫的巴黎遇到這等可怕的事，真是不可思議！

老實說，我每次回去法國，只要經過巴黎這個大城市，心還是會莫名地緊繃起來。反而在台灣生活的這些年，因為治安好上許多，出門在外比較不用那麼擔心自身的財物，因為即便在鬧區，被用小刀割破包包偷竊或是搶劫的機會，都比在法國低得多。

一粒米的
台語＆法語教室

華語	台語拼音（台語文）
比較差	ū khah bái（有較穤）
失業	sit-gia̍p／bô thâu-lōo（無頭路）
小偷	tsha̍t-á（賊仔）
扒手	pue-tshí（飛鼠）／tsián-liú-á（剪綹仔）
不要	m̄-thang（毋通）
陌生人	senn-hūn-lâng（生份人）
靠近	uá-kīn（倚近）
不用	m̄-bián（毋免）
一眨眼	tsi̍t-ba̍k-nih-á（一目躡仔）
還是	mā sī（嘛是）

華語	法語
治安	ordre public
社會福利	aide sociale
稅負	charge fiscale
錢	argent
貧富差距	écart entre riches et pauvres
移民	immigrant／immigration
失業	chômage
恐怖主義	terrorisme
小偷	voleur
扒手	pickpocket

關於法國巴黎鬧區的詐騙手法

太多亞洲遊客，近期尤其是中國旅客，出國遊玩時，喜歡攜帶大量現金，因此容易成為扒手鎖定的目標。有一個數據顯示，80%的治安問題發生在地鐵裡，70%是針對外國遊客。而這些外國遊客中，有50%是黃種人遇到問題。

因此在國外旅遊，有幾種狀況要特別注意：

1.杯子賭注

主導者會利用三個杯子和一顆球，先以其中一個杯子蓋住球，然後多次移動杯子，接著會在路上大聲招攬人，你一旦好奇前往觀看，周圍的人就會鼓吹你一起下注。看似簡單的遊戲，其實都是騙人的手法，大部份圍觀的觀眾都是他們的暗樁，一開始會讓你贏一把，之後你的錢就會被騙光，一去不回了。在這當中也可能有扒手趁機拿走重要物品。

2.連署簽名

通常是婦女或黑人，他們會上前，很熱情的以英文詢問你是否可以幫忙連署，表示非常感謝你的幫忙，但在你簽名後，向你索取10~50歐元不等的費用，不給會馬上變臉。

3.幸運手環

通常出現在觀光熱門旅遊景點，黑人會主動向你搭話，一不注意就拉起你的手，然後「幸運手環」的繩環就套在你的手臂上了，之後會跟你索錢，若是看到拿著手環的人，記得將手插在口袋，更不用理會對方的搭訕。

4.集團扒手

小心靠你太近的任何陌生人，包含小孩子，母親帶小孩，通常會離你很近，順手就扒了重要物品，然後就轉交給第三手，你發現東西不見時，物品通常已經被集團轉到離你很遠的地方了。

好厲害的雞毛撢子

雷米

雞毛撢子是一種用雞毛做成的灰塵清潔工具。可是一提到雞毛撢子，在你腦海中第一個浮現的畫面是什麼呢？是和藹的母親拿著，在客廳清除灰塵嗎？

「死小孩！不要再跑！你再跑讓我追，抓到打更多下！」

我相信台灣父母親的拿手好菜之一——「竹筍仔炒肉絲」，是許多人小時候難忘的滋味。很多台灣人的腦海裡，看見雞毛撢子，大多是痛苦的回憶吧！因為會回想起小時候被父母親用雞毛撢子追著打的畫面。

但是雞毛撢子在我的印象中，就是小時候看我法國阿嬤拿來清掃傢俱的工具。阿嬤厚實的背影，讓我備感溫馨，所以對我來說，關於雞毛撢子的回憶都是相當溫暖的。

就跟台灣一樣，在法國用傳統雞毛撢子來清掃的人日漸稀少，現在的雞毛撢子大部分都是用其他材質代替雞毛，大多是很花俏的塑膠製品。

前陣子，我跟著電視節目去彰化埔鹽鄉豐澤村，採訪一位雞毛撣子的工藝職人——七十幾歲的陳阿公。

訪問過程中，我開玩笑地問阿公，為什麼還要製做這種小孩都驚恐的打人利器，阿公也很俏皮地拿起一把雞毛撣子假裝要打我，跟我玩了起來，讓節目錄影變得很輕鬆。

阿公堅持手工做雞毛撣子，算一算已經做了六十幾年了！他跟我說，在民國五、六十年代時，豐澤村是台灣最大的雞毛撣子生產地。這裡家家戶戶都會養雞，每當過年前，殺雞後留下的雞毛很多，阿公的父親看見廟邊的乞丐撿起這些毛，綁在竹子上玩，於是就跟著乞丐學怎麼綁雞毛，接著開始作起雞毛撣子。國中畢業開後，陳阿公就跟著父親學做雞毛撣子。

阿公說，公雞毛比較長，常拿來作大把的雞毛撣子，而母雞毛較短，就用來做小支的。

不過，吸塵器問世後，雞毛撣子的需求不如以往。後來鄰近的店家一間間收了，現在整個豐澤村只剩阿公跟少數幾家還在做手工的雞毛撣子。為了不讓技藝失傳，阿公堅持要把這份技藝傳承下去。

雖然可愛的阿公一直跟我說：「做雞毛撣子不用什麼功夫啦！」，事實上製作的過程並不簡單，要先用水清洗雞毛，把它們曝曬兩天，再依毛色、長短挑選雞毛，最後將挑選出來的雞毛一根一根黏貼在木棍上，再用棉線綁緊，慢慢地聚積成撢子。

聰明的阿公也研發出很多跟雞毛有關的周邊商品。他再來拿出一個只有幾根雞毛的小玩意，叫我踢看看，原來這是東方傳統民俗遊戲的主角——毽子。我以前連看都沒看過，因為法國沒這種東西。雖然我會踢足球，但試了這小東西幾次，我連一下也踢不好。倒是老婆很厲害，可以連續踢十幾下，還能左右腳交替踢。看老婆動得這麼起勁，我馬上買一個回家，讓她運動用。

在訪談聊天的過程中，我很喜歡阿公的一個觀念。他覺得，人就是要多做事，常常運動，也要多曬太陽。他說：「我們人就像雞毛撢子一樣，有在使用就不會壞掉！」

說起日常傳統用品，不得不再說一件各國人士都用過的東西，那就是「肥皂」。

台灣早期的肥皂叫「茶箍」，顧名思義，好像跟茶類有關。其實還真的有關連，因為是用壓榨茶油時所剩下來的殘渣，再把它壓製成堅硬的形體，就叫「茶箍」。但茶箍與肥皂其實是不同的東西。

肥皂的英文是「Soap」，台語叫「雪文」。大家知道法文的肥皂怎麼念嗎？是「Savon」。相傳以前殖民時期，法國人來到台灣時，帶來第一塊法國傳統的肥皂，當法國人告訴當時的台灣人這塊東西叫「Savon」，台灣人就跟著唸，但唸成諧音「雪文」。一傳十，十傳百，現在有些台灣人還是習慣把肥皂叫作「雪文」。

老婆第一次跟我去逛南法普羅旺斯的傳統市集時，發現市集內有很多賣香皂的攤位，五顏六色，香氣迷人。她在台灣其實都用沐浴乳為多，但因為這裡太多攤位在賣香皂，引發了她的好奇心，於是買了一顆回家洗。沒想到一洗不可收拾，後來演變成進口一貨櫃香皂來台灣賣。

原來她買的這個香皂，就是眾人口耳相傳的「馬賽皂」。「馬賽」二字原是法國的地名，但現在只要有用相同比例做成的香皂，也可被稱作是馬賽皂。

法國什麼樹沒有，就是橄欖樹最多。橄欖樹除了木製品很受歡迎外，橄欖油也因為對人體很好，很受地中海料理喜愛。橄欖前三次的榨油用來食用，第四道以後榨出來的油就會拿來製皂，加上法國本身就是是香氛王國，兩種特點混合在一起後，就變成南法的「土產」之一。

我們進口來賣的馬賽皂大受歡迎，連我可愛的丈母娘也被朋友託買。她寫了一張紙條，上面條列朋友託買的香皂十二顆，其中有一個「心操」香氣的要買三個，我在幫忙包裝時，怎麼看也看不懂這是什麼香氣？

後來拿給老婆瞧，不愧是母女連心，竟然一下子就解答出來了！老婆要我重複多唸幾次，聯想一下什麼味道跟這個音很像，我的天，原來是「薰衣草」啦！

一粒米的
台語＆法語教室

華語	台語拼音（台語文）
小孩	gín-á（囡仔、囝仔）
不要跑	màitsáu（莫走）
你跑我追	tsáu-sio-jiok（走相逐）
更多	khah tsē（較濟）
掃除	piànn-sàu（摒掃）
驚恐	kiann-hiânn（驚惶）
乞丐	khit-tsia̍h（乞食）
雞毛撢子	ke-mn̂g-tshíng（雞毛筅）
丈母娘	tiūnn-ḿ（丈姆）
肥皂	sap-bûn／tê-khoo（茶箍）

歇後語

竹筍仔炒肉絲	Tik-sún-á tshá bah-si（形容父母用木製品打小孩）
雞毛撢子像我們人一樣，有在用就不會壞掉	Ke-mn̂g-tshíng kā lán lâng kāng-khuán, ū teh iōng tō bô pháinn（雞毛筅共咱人仝款，有咧用就無歹）

華語	法語
雞毛撢子	plumeau
傢俱	meuble
回憶	souvenir
乞丐	mendiant
公雞	coq
母雞	poule
簡單	simple／facile
太陽	soleil
肥皂	savon
薰衣草	lavande

關於馬賽皂的配方

在十七世紀，法國的太陽王路易十四規定了這種香皂的製作標準——「柯爾貝公告」（Edit de Colbert，1688）。當時傳統馬賽皂的一項必要指標，就是必須含有72%橄欖油的脂肪酸。

1906年時修改了馬賽皂的配方：63%的橄欖油、椰子油或者棕櫚油，9%的氫氧化鈉或者海鹽，和28%的水。只要使用這個配方做成的皂，都可稱為馬賽皂。所以並不是所有的馬賽皂都是產於法國馬賽地區。

橄欖油製成的香皂顏色，一般介於棕色和綠色之間，用來洗澡。只是一般都600克一塊，就是一台斤，跟小磚頭沒兩樣，建議切割成小塊使用，不然洗香香時，不小心手滑，一大塊香皂掉到腳上，可是會痛不欲生，保證烏青凝血。

另外還有一種白色的香皂，含有椰子油和棕櫚油，一般用來洗衣物。

由於傳統的馬賽皂本身只有淡淡的橄欖油味，而法國又是香水之國，調香是舉世聞名，所以研發出結合兩種特性的馬賽香氛皂，更受大眾喜愛，尤其是南法地區盛產的薰衣草味道，當然還是有些人愛用古老的原味配方馬賽皂。

遊走台法的
那些生活小事（上篇）

雷米

初到台灣的法國腦在日常生活中，對於一些看似稀鬆平常的小事，卻因為生活習慣、文化與認知的不同，有時造成一些尷尬、新鮮或有趣的糗事。下頭我就來分享幾件我眼中的小事，我們一起看下去吧！

第一件小事，是對樓層的概念不同。

剛到台灣不久，有機會到一些飯店時，我發現台灣樓層所謂的一樓，在法國其實是指二樓。所以照我當時還是法國腦的邏輯，想搭電梯下樓去大廳，我絕對不會按「1」，因為按了「1」，我就會到二樓去，因此我都會自作聰明的選擇「1」底下的「B1」，然後電梯門一打開，地下停車場就出現在眼前。那時真的很迷惑，而且同部電梯裡如果還有其他人時，還會弄得自己有點尷尬。幾次這種搞笑的經驗後，加上詢問過台灣人，才懂怎麼操作電梯按鈕。

另外像地下一樓，台灣的說法是「B1」，法國則說「-1」。而且在法國進電梯後，常常發現電梯是沒有所謂的「關門鈕」，所以你必須要耐心等候電梯門自動關上，因為法國人的邏輯是門自己會關上，所以不用設計這個按鈕。從這點也可以發現，法國人做事真的比較悠哉悠哉，不像台灣人進電梯後，通常只要後頭沒人要再進來，就會猛按關門鈕。

不過法國巴黎地鐵的車廂門，可就不像台灣捷運這麼友善了，它關門的速度相當快。因此搭乘法國的地鐵時，要特別小心扒手算準時間差來偷東西，因為扒手一旦得手，快速溜出車廂，你只能眼睜睜地看著車廂門把你跟小偷隔離開來，追不回了。

世界上最遙遠的距離，就是扒手扒了我的錢，而地鐵門卻無情地關上。

第二件小事，是「打招呼」這件事。

「Bonjour」是法文「你好」的意思，在法國的社區內走動時，只要有彼此對到眼的人，即便陌生，法國人大都還是會相互打個招呼。因此在法國要習慣說「Bonjour你好」、「Pardon不好意思、借過」、「Merci謝謝」等一些禮貌語氣句型，這樣才算懂得基本人際相處的禮儀。

關於這點，台灣人倒是不常向對面走來的人這麼做，可能也跟在地習慣有關。在我身上卻比較少碰到這種情況，反而經常是我走在路上，可能因為擁有外國人的外表，有些熱情的人會用英語大聲跟我說「Hello！」來向我問好。當然也會有些冷漠的人，他們不打招呼就算了，卻是一直盯著我看，好像我是哪裡來的異類。我知道他們是好奇，但這會讓我覺得尷尬，怎麼做都不是。

補充說明一件事：其實不是每個外國人都說英語的，像法國人是講法語，西班牙人講西班牙語，德國人講德語。而且不是所有西方臉孔的外國人都是來自美國，我就很常遇到一些有年紀的人會問我是不是美國人。

還有啊，法國人在親友碰面時，都得「抱一下，親三下」，行「臉頰禮」的招呼方式，嘴巴同時還要發出「親吻聲」。臉頰禮是雙方臉頰互貼，有「左右各一下」或「左右左共三下」兩種。但臉頰禮會因為家族、區域、習慣的差異，多少會有點不同。

老婆第一次陪我回去法國時，一住就是三個月，最後也習慣法式招呼方式。回到台灣後，她也把這種法式招呼，用在許久未見的丈母娘身上，當下丈母娘卻是很歹勢的模樣，台灣人情感表達上還是比較含蓄害羞的。

第三件小事，是關於衛生紙與面紙。

首先是面紙。法國外出用的面紙跟台灣的比起來，紙質相對較厚，大約是台灣面紙的三倍厚。

再來是衛生紙。法國廁所裡大多會使用捲筒衛生紙，而超市販賣的捲筒衛生紙，都是賣一整個提袋的，一袋裡有好多個，並沒有台灣那種抽取式衛生紙。而且上完廁所後，衛生紙也是直接丟進馬桶裡沖掉。

我剛到台灣時，也是習慣把衛生紙直接丟進馬桶。但當時台灣衛生紙的設計，比較不適合直接丟入，有些地方的廁所裡甚至會有貼文，告知使用者不可把衛生紙丟進馬桶裡。不過這幾年台灣的衛生紙改成可以丟入馬桶款式的，應該是紙質有所調整了！

（未完待續）

一粒米的
台語＆法語教室

華語	台語拼音（台語文）
稀鬆平常	tsiânn sù-siông（誠四常）
不同	bô kāng（無仝）
常常	tiānn-tiānn（定定）
眼睜睜	ba̍k-tsiu kim-kim（目睭金金）
不好意思	pháinn-sè（歹勢）
親戚	tshin-tshik／tshin-tsiânn（親情）
害羞	pì-sù（閉思）
廁所	piān-sóo（便所）
謝謝	to-siā（多謝）

華語	法語
一樓	rez de chaussée
二樓	premier étage
電梯	ascenseur
你好	bonjour
謝謝	merci
不好意思	désolé／pardon
借過	excusez-moi／pardon
親戚	parent／membre de la famille
廁所	toilettes／W-C
衛生紙	papier toilette／papier hygiénique

關於臉頰禮的趣事

小乖

記得2011年我在臉書發了一篇貼文：「歐洲友人太熱情，離別時我以為他是要來個擁抱，結果竟是親臉頰三下，一切來的太快……（嚇屬輪家）。」當時這則貼文造成熱烈迴響，臉友們的回覆排山倒海而來，做了許多小劇場的假設畫面，可見當時民風還很保守，哈！

2012年底認識雷米，2013年四月跟雷米去認識法國家人，才發現原來這是歐洲人的禮俗之一。但是沒什麼臉頰禮經驗的我，常常搞不清楚要從左邊開始，還是右邊開始。

有一天，我跟雷米和法國爸媽到一個快九十歲的法國老夫妻家做客，他們用法語聊得很開心，時不時阿公阿嬤就對著我親切地笑，而我則在那邊欣賞美景，當鴨子聽雷。

離別時免不了又要再親三下（臉頰），沒想到我跟阿嬤竟然在第二下時，不知是默契不好，還是阿嬤太喜歡我，我們竟然……從嘴巴正中間親下去，一時天雷勾動地火，所以人家害羞地奔跑走。

然後我隔天就得到了一個精美哈密瓜刀叉組。雷米媽說是阿嬤之前送她的，為了紀念我的法國「粗吻」，於是轉送給我。

這也可以算是一種意外之喜嗎？嘻！

遊走台法的
那些生活小事（下篇）

雷米

第四件小事，是關於所謂的法式浪漫。

法國男生嘴巴很甜，很會給親密的另一半另外取個可愛的名字，例如我的小母雞（Mon poussin）、我的天使（Mon ange）、我的小貓咪（Mon chaton）、我的小跳蚤（Ma puce）等等甜蜜暱稱。

有一次去沖繩比賽，在飯店用早餐完後，小乖說要上樓拿東西，我隨口說了：「寶貝，幫我拿罐飲料。」沒想到這再普通不過的一句話，竟引來同桌的大姐對她老公咕噥：「你看啊，人家都是叫寶貝，哪像你，都叫我『查某人』，真歹聽！」面對這個小抱怨，大姐的老公馬上指著大姐的衣服說：「還抱怨？我不是買了件衣服給妳了嗎？」我抬頭一看，差點噴出口中的牛奶，因為衣服上印著「爆乳」二字。

一般台灣人稱呼自己的另一半，通常是老婆、太太、某、家後、牽手，好聽的會叫「水某」，有時老夫老妻也會故意醜化老婆說「我們家那個兇女人」。年輕的台灣男生雖然也會以小暱稱來呼喚自己的另一半，但是詞彙數總不及法國人來得多樣與可愛，也沒有辦法喚得像法國人那樣自然，這大概還是跟文化習慣有關，畢竟台灣人在情感表現上，還是稍嫌含蓄些。

第五件小事是有關日光浴。

法國人很愛曬太陽，尤其是夏季來臨時，會到海邊度假，並在海灘上做上整天的日光浴。但台灣人比較喜歡白皙的皮膚，不喜歡跟陽光有親密接觸，因此出門在外，防曬工作總是做得很齊全。

還記得有一次帶老婆去海邊曬太陽，她在沙灘上竟然用浴巾把全身包覆起來，還給我烙下一句狠話：「日頭赤焱焱，隨人顧性命。」當下我不懂這句話在講什麼，但聽起來很有力道，很有「腔口」，我很喜歡。

我馬上請老婆解釋給我聽，知道這句話的意思後，感覺台語真是很有智慧的語言，只用短短的幾個字，就能夠代表很深長的意思，非常酷！當時的我完全聽不懂台語，這件事也引起了我想學台語的動機。

因為法國大部分時間的天氣都是偏涼的，所以陽光下的溫度反而令人覺得很舒服，法國人也因此特別喜愛曬太陽。但因為法國人眼珠子的顏色較淺，所以我們在做日光浴時都會帶墨鏡，避免直射的陽光造成眼睛的不舒服。

第六件小事，是關於法式飲食中的一個小動作。

很多人都知道法國長棍麵包，是我們是每餐必備的食物之一，餐點吃到最後，我們還會再拿一片麵包，把盤子上的醬汁吸光，留下乾淨的盤子。

在法語區之外的國家，甚至是台灣，我就沒看過有人這麼做。

第七件小事，是關於生活用品的採買。

因為法國土地幅員廣大，出了大城市之後，商店數量銳減，更不用說像台灣到處有像家樂福、大潤發、全聯等這些大型量販超市，或是小七（7-11）、全家、萊爾富、OK mart這種便利商店，生活採購相對是比較麻煩的。所以我們會一個星期開車去一次大型超市，一次採買下個星期所要用的食材量以及日常用品。出發前，通常會先把必需採購的物品筆記下來，抵達超市後就「按單索驥」地採買。所以在法國超市裡，會發現法國人幾乎人手一單、推著大推車在超市內繞來晃去，好像是一群人在玩「尋寶遊戲」，拿著手上的藏寶圖東找西找，最後滿載而歸。這個採購的情景，形成一幅很有趣的畫面。

第八件小事，是關於鮮奶與保久乳。

我們待在法國的那段時間，有一天我們去超市採購生活用品。當小乖準備挑選牛奶時，發現櫃位上的保久乳數量竟比鮮奶多上許多，便回頭問我：「法國不是比台灣更先進嗎？而且土地更大，牛的數量也比台灣多上許多，怎麼會喝比較不新鮮的保久乳？」我也不知道為什麼，所以當下答不出來。回家後，我把這個問題拿來問我父母，他們沒有回答，只表現出一副「本來就該喝保久乳」的態度，反而還覺得這個到過台灣的兒子在大驚小怪。

現在在台灣待久了，我連喝牛奶的習慣也改了，平時都喝鮮乳，喝到保久乳時還會覺得怪怪的呢！

一粒米的
台語＆法語教室

華語	台語拼音（台語文）
突然	hiông-hiông（雄雄）
口音、腔調	khiunn-kháu（腔口）
可愛	kóo-tsui（古錐）
老婆	bóo（某）／ke-āu（家後）／khan-tshiú（牽手）
那個	hit ê（彼个）
我們家	Guán tshù（阮厝）
兇女人	tshâ-pê（柴耙）
墨鏡	oo-jîn-ba̍k-kiànn（烏仁目鏡）
吸	suh（欶）
歇後語	
「日頭赤焱焱，隨人顧性命」	Ji̍t-thâu tshiah-iānn-iānn, suî lâng kòo sènn-miā.（形容人遇到患難，以顧全自己為先）

華語	法語
墨鏡	lunettes de soleil
冰箱	réfrigérateur／frigo
浪漫	romantique
可愛	mignon
寶貝	bébé
老婆	femme／épouse
皮膚	peau
智慧	sagesse
鮮奶	lait frais
保久乳	lait stérilisé

關於
保久乳

保久乳也是鮮奶的一種，是生乳經由高溫（135度，3~5秒）瞬間完全滅菌後包裝完成。由於是無菌且密封，所以無須冷藏，最長可以保存到九個月！但由於不添加防腐劑，所以在開封後，鮮乳接觸到含有許多生菌的空氣，還是得冷藏在冰箱中，抑制細菌繁殖速度，而且開封後的保存期限最多為八天。

這種牛乳在台灣被稱為保久乳，但國外則是稱為UHT Fresh Milk。台灣之前因為發生過保久乳是奶粉還原的事件，因此台灣民眾普遍比較接受所謂的鮮奶。

但歐洲人反而覺得保久乳的方式比較方便，不然一週採買一次，買來的鮮奶放置一星期後都過期了，基於採買習慣的便利性與生產配送流程，歐洲國家反而是喝保久乳居多。

很多台灣進口的紐西蘭或美國牛奶，它們會放在冰櫥販售。但如果你注意看，那些牛乳大部分都是保久奶，只是因應台灣人的觀念與習慣，放在冰櫥裡感覺比較新鮮，也比較好賣。

兔兔、母雞、喵星人

雷米

過去因為時常到木材工廠看自己的父親工作，我爸爸在耳濡目染下，開始愛上了有關木材的一切，尤其是雕刻木頭的技術，就這樣一點一滴積累，最後成了職業木工。

也跟年輕時的爸爸一樣，我小時候也特別喜歡到爺爺的木材工廠去，不過不是為了看自己的父親工作，而是為了玩木糠，還有去工廠樓上的兔棚看兔子。

爸爸對木材的熱愛並沒有傳承給我，而是傳給我二哥文森。

也因為我喜歡動物，爸爸會讓我照顧我們家裡養的兔子、鴿子與老母雞。父親會叫我跟文森一起去捉蝸牛餵雞，或採苜蓿給兔子吃，這些都是我們很樂意做的小工作，因為很輕鬆，不過清洗兔棚與鴿舍就比較累了，辛苦的父親就會來幫忙我們清理。

但最可怕、也是我最不喜歡的任務，就屬清理雞舍裡的雞屎了。「幫這个屎窟仔，囡仔較無愛啦！」一方面是雞舍實在太臭了，另一方面，是因為雞舍裡還有養了一隻很兇的鵝，每次我們進去看老母雞有沒有下蛋，鵝就會秀逗地攻擊我們，害我們之後都不敢進去拿蛋。

我大哥菲德利一向覺得老母雞是這個世界上最笨的動物。他有一個相當壞心又愚蠢的習慣——捉弄老母雞，有時候他會從雞舍外面拿草吸引老母雞靠近籬笆，再莫名其妙地把褲子拉鍊拉下來，尿尿在雞的頭上。

「人在做，天在看」有一次他老大哥尿得太高興，沒有注意到兇鵝從旁邊跑過來，眼睛一瞬，那鵝就拉長牠的脖子咬到哥哥的「小弟弟」。

「Aie！（好痛！）」

那一刻，不管是在村莊的何方，應該都可以聽到哥哥的慘叫聲。傷情慘不慘重不知道，但可以確定的是，菲德利再也不敢冒險去欺負可憐的老母雞了！

我們的兔棚總共有三十幾隻兔子，像我家貓咪一樣，我都會給牠們取名。但有一個問題一直困擾我——每個月都會有一兩隻兔子莫名地消失，這讓我心裡感到懊惱。

好心的爸爸每次都會編出新的故事來安慰我，像是：「我早上開籠子時，Blanchon（小白）突然跳出來，而且瞬間就不見兔影了。可是我跟你說，只要牠肚子餓，一定很快就會回來！因為我們餵牠的胡蘿蔔太好吃了！」當下我這個天真的小朋友，還真的相信父親的話。

我媽每個月都會煮一道特別好吃的燉肉，好吃到餐後我都會跟哥哥搶著拿鍋子，用舌頭去舔剩餘湯汁，一點都不想留下。那時我會問媽媽吃的是什麼燉肉，她都回答「小羊肉」。當時十歲的我還不會區分肉的種類，於是就童言童語地跟媽媽說：「小羊肉實在是太好吃了！是我最喜歡吃的耶！下個禮拜再煮給我們吃好嗎？」

過了一陣子，兔棚裡又少了一隻兔子，這次換可愛的Noirot（小黑）不見了。爸爸再次努力試著減輕我的悲傷，他說：「對不起，我早上餵完兔子之後，不小心忘了關籠子，結果小黑就逃走了。你不用擔心，牠一定是跑到森林裡，找去牠的野兔朋友。」

平時媽媽都會等我不在家，才來煮好吃的燉肉。可是在小黑消失的隔天，我本來要去找朋友，剛好因為朋友不在而提早回家。一開門，就聞到了濃濃的血味，進去廚房，終於得知令人難以接受的真相：廚房裡的場面慘不忍睹，桌上血肉模糊，我可愛的兔子已經被我媽殘暴地千刀萬剮了。當下真的想「掠兔仔」！

我才突然意識到，原來每個月吃得津津有味的燉肉，並非是小羊肉，而是我疼愛的可愛小兔仔。後來這件事搞得我心煩意亂，連續生氣好幾天，也不跟我父母講話。

長大以後，雖然慢慢認清了有時「飼養動物是為了吃」的事實，卻仍然無法再吃兔肉，這也許是因為取了名字就產生感情的關係吧！

台灣人也愛養寵物。我發現台灣人若是要從貓、狗中擇一當寵物的話，比較會選擇狗狗，因為覺得狗比較忠心，也比較聽話。

不過對我來說，貓咪卻是我最喜歡的動物。

貓咪的個性跟狗完全不同，牠不會對主人的命令盲目地服從，不想做的事就是不會做。雖然有非常強的獨立意識，牠卻也可以對主人很親暱，也能夠理解某些主人的心思。

貓咪心情好時，會爬到主人的腳上打盹，一被撫摸就會開始發出滿意的呼嚕聲。冬天天氣冷時，牠還會躲進被子裡，跟主人一起睡。貓也十分主動，不會像狗事事都依靠主人，或者是一天到晚吠個不停，牠喜歡安靜的環境，自由自在地活動，更方便的是不一定得像養狗一樣帶牠們去散步。

貓也是很愛乾淨的一種動物，會用舌頭清理自己的毛髮，所以不用常幫牠們洗澡。還有，貓不但會自己上廁所，也會在固定的地方大小便，並把自己的糞便掩蓋好。

神祕、獨立、聰明、可愛……，貓的一切向來都深深地吸引著我。因為這些原因，我家才會一直選擇養貓，而且我長越大，家裡貓咪就養越多。

小時候，我跟二哥文森都會取一些很特別的名字給我們的寵物。因為喜歡看「史特龍」的電影，所以決定叫我們家的黑貓「Rocky」（洛奇），這隻貓過世後又養了另一隻黑貓，也給牠一個很Man的名字：「Rambo」（藍波）。

洛奇是一隻相當活潑的貓，很少待在家，多數時間都在外頭「打獵」，問題是牠常常會把牠抓到的「獵物」帶回來家裡，像是各種昆蟲、蜥蜴、小鳥、鴿子、刺蝟、老鼠……等。因為牠，我才發現村裡生態系統的豐富，擁有多種野生動物。

除非是洛奇最愛吃的小鳥，不然大多數抓住的東西不是拿來吃的，而是為了給我們看牠狩獵技術有多棒，玩完後，洛奇通常都會讓可憐的玩物活下去。

話說有一天，牠帶了一個很可怕的驚喜回家送給我媽。牠嘴巴裡咬的，不是什麼可愛的鳥或田鼠，而是一條很長很長的蛇！

一走到我媽身邊，洛奇就放開嘴裡的蛇，讓它在客廳裡爬來爬去，差一點害我媽嚇得昏過去。

還有一次，我看到洛奇用火箭般的速度衝到街上，這次嘴巴裡又咬著幾條長長的東西，但那不是蛇，而是一串香腸！後面還有兩隻浪貓追趕著牠。難怪牠會跑得這麼快，一定是不想跟牠們分享這種難得的戰利品！

我們看到的當下，都忍不住狂笑，因為真的搞不懂牠到底從哪裡偷到那些香腸的。是在肉店裡，還是從路人的購物袋裡？

後來，我們聽到街尾餐廳的老闆抱怨，才知道原來是我們這隻頑皮的貓咪，直接大膽地到他們的餐廳廚房裡偷東西。

「哪家的貓啊？讓我抓到的話，直接就把牠放到鍋子裡煮！」憤怒的餐廳老闆這樣說。

我們當然不會出賣我家親愛的洛奇，於是跟老闆說應該是野貓闖的禍。事後為了我們家貓的安全，也只能讓牠儘量不要去餐廳周遭徘徊了。

除了我們自己養的貓，我們也會常常去餵村莊裡的浪貓，時時關心牠們的狀況，也會給牠們每一隻取名字。每次媽媽給我們零用錢，我們會用一半來買糖果，然後另外一半拿來買浪貓的飼料。

會被當作浪貓的貓咪，是因為身上沒有動物晶片或刺青（代表沒有主人）。不過在我們這些天真的小朋友眼中，每一隻被我們照顧的貓並不是浪貓，因為牠們是有主人的，而主人就是我們。

萬一我們照顧的貓得病過世，或者是發生車禍往生，我們都會把牠們的遺體帶到磨坊廣場的一個小公園裡埋葬，另外還有像是狗、天竺鼠、鴿子……等也是。於是這座公園就慢慢地變成了我們的動物墓園。

有一陣子，一些來南部度假、沒有同情心的巴黎人，因為覺得我們村裡浪貓很吵，又到處亂撒尿，加上不斷地交配繁殖而數量不斷增加，於是通報流浪動物捉捕大隊把牠們全部抓走。

以前在法國，被捕捉的流浪動物，八天內若無人認養，就會被安樂死，所以對那些可憐的動物來說，被抓到等於是等死。還好捉捕大隊都會先向民眾公布他們的工作日期，這剛好給我們足夠的時間，可以自己去找到村裡的每一隻浪貓，進而把牠們暫時藏匿在比較安全的地方。

在通報的兩天之後，我們所有可愛的動物小朋友，都被安然地帶到我家對面的倉庫躲藏。當捉捕大隊人員來奔牛村捉貓的那一天，感到十分困惑，因為一隻流浪貓也找不到。

儘管最後我們的小手臂上都是貓爪傷痕，心裡卻甚是痛快，因為我們救了二十幾隻浪貓的性命。

我在台灣比較少看到浪貓，倒是浪狗多得很！我真的搞不懂台灣為何會有這麼多流浪狗。有朋友跟我解釋說，因為台灣民眾對於寵物比較沒有及早節育的觀念，而狗狗在外頭很容易交配，因此造成越來越多的流浪狗。

朋友還提到過去一個可悲的社會現象。很多家庭在看完一些以狗為主角的外國電影後，一時衝動下，就到寵物店購買跟電影裡相同品種的狗兒來養。有些不負責任的主人，才養了他們的寵物一陣子，就因不想繼續飼養而無情地拋棄牠們，讓狗兒到街上流浪，這真是無比可惡的一種行為。

另外，寵物繁殖場過度生育的狗兒被帶到山裡丟棄，以及身體殘缺的寵物被狠心遺棄，這些新聞時有所聞。還好，社會上也有些有心的愛護動物人士會救援這些可憐的動物們，並試著為牠們找個可以安身立命的家。

不管是貓、狗，還是其他小動物，一旦飼養了，主人就是牠的天，牠的一切。因此只要養了，可就別隨便棄養，要好好照顧牠的一生。

記得喔，「領養，不棄養！」

一粒米的
台語＆法語教室

華語	台語拼音（台語文）
兔子	thòo-á（兔仔）
鴿子	hún-tsiáu（粉鳥）
老母雞	ke-bó（雞母）
蝸牛	lōo-lê（露螺）
狗	káu-á（狗仔）
蜥蜴	sì-kha-tōo-tīng（四跤杜定）
依靠	uá-khò（倚靠）
老鼠	niáu-tshí（鳥鼠）
墓園	bōng-á-poo（墓仔埔）
丟棄	pàng-sak（放揀）

華語	法語
兔子	lapin
鴿子	pigeon
老母雞	poule
蝸牛	escargot
貓	chat
狗	chien
蟲	insecte
蜥蜴	lézard
蛇	serpent
老鼠	souris／rat

關於法國
卡馬格地區

卡馬格（法語：Camargue）是位於法國南部阿爾勒附近，羅納河注入地中海處的三角洲地帶，也是法國少見的種植水稻的地區，被評為聯合國教科文組織生物圈保護區。

卡馬格可分為北部的農村地區和南部的濕地兩大地區，其中南部的濕地地區有鹽生植物生存，擁有很高的生態價值。這裡生產的米（跟台灣米不一樣）與鹽很有名，法國頂級料理的鹽之花大多產於此地。

卡馬格還有野生動物三寶，火烈鳥、黑牛、白馬。

這個地區是蘆葦叢生之地，也有很適和日光浴的沙灘與鹽田，所以我二哥文森很愛到這裡曬太陽。有一次我帶老婆搭他的便車，一起去那邊曬太陽，做日光浴。回程在遠處的濕地區，分別看見了這三種動物，讓老婆又驚又喜，畢竟這在台灣都是要去動物園才看得到的稀有動物。

法國
火車故障記

小乖

我們曾在2017年先走過一次聖雅各之路，當時因為時間有限，所以只走了一段三百五十公里的路程。2018年，我們夫妻決定再走一次聖雅各朝聖之路，這次我們從法國天主教朝聖地—盧爾德出發，距離終點西班牙的聖地牙哥有一千公里，預定走四十天。

出發的那天早晨，在雷米家附近搭公車到亞維儂後，再轉了兩次火車，才能到盧爾德。原本預計下午六點到，但在最後一班轉乘的火車上，突然火車停了下來，接下來聽到列車廣播傳來「火車故障而暫時停駛」的消息，而停駛的過程中，火車公司的人員會來修理這班列車。三十分鐘後，再度傳來廣播訊息，說是火車還沒修理好。接著很多人開始走到車外，因為車廂內實在太悶熱了。

此時在同一班列車的我，像個外派記者似的觀察著周遭的一切。

首先我的耳朵豎得直挺挺，想聽見一些什麼，但很特別的是，我並沒聽到原本應該出現的那種習慣的謾罵聲，大部分乘客只是安靜地在做他們原本做的事：削蘋果的繼續削，沒拿刀去架在列車長的脖子，威脅他快修好火車；看書的也繼續看，沒撕紙折紙飛機射向列車長。追網路足球新聞的也繼續追，沒把列車長當球門踢。全都沒因火車停駛而眾人火氣爆發。

我默默地觀察這一切，對於突如其來的事件感覺有趣。可能沒時間壓力，我把它當成特殊行程來體驗，因為這可不是經常遇得到呢！

但是接著一道晴天霹靂打來。火車停駛一小時後，列車長宣布他們無法修理！

雷米說：「莫非朝聖之路要我們從這邊開始嗎？」

救人哦！我好怕雷米是認真的！

我開始查詢網路是否有相關新聞，看到有人原來也遇過類似事件，當時他們還被派發了小餐盒跟火車票退費。嗯！我看到此，就心安多了（大嬸個性顯現！）

後來列車長出來宣布事情，而雷米竟派不懂法文的我去聽，這有沒有搞錯？不過我只聽懂幾個關鍵字，便回去報告雷米說，列車長對於這樣的狀況很抱歉，決定發給大家巧克力（其實是自己有聽沒有懂，很會編），順手把錄到的影片給雷米看。看完影片後，雷米說車長完全沒有提到巧克力，因為最後一句不是Chocolat（巧克力），而是Jusque là（到這裡），這害我的幻想一整個幻滅。

乘客們陸續上車取回行李，下車後再走到月台上，原來這裡剛好也有個車站。每個人都被派發了一瓶小礦泉水。「咦？我的小餐盒呢？（敲桌）」，並無餐盒蹤影，但看大家依然沒有火氣，我心裡頭滿是納悶：「你們行行好，要兇一點，我們才有點心盒啊！」

此時有人開始起頭，說了一大段話。我想說是不是有人要帶頭抗議了，便叫雷米趕快翻譯給我聽。蝦米！原來那個人只是在講笑話！是的，他在講笑話給大家聽，現場的法國人也很捧場，個個都笑得樂開懷。

「這哪裡是該出現的場景啊？太和樂，太世界大同了吧？」我心中滿滿的文化衝擊。

不久，來了一台大巴士，多數旅客都上了車，只留八位路程更遠的旅客在原地，我們也是其中二人。

八位旅客依然很平和，剛剛講笑話的大叔突然變起魔術當娛樂節目。「這一切太不合常理了！是我在做夢嗎？」我對此匪夷所思，只是「咕嚕咕嚕」的肚子告訴我這不是夢。已經晚上八點多，我們還沒搭上車。

我跟雷米嚷嚷：「搭上車後至少還要兩小時，到那邊也至少十一點了，乾脆不要睡了啦！去找聖泉水泡泡腳，洗洗澡（咦？），就直接出發，省住宿啦！」

這個雷米竟然二話不說地答應我！

倒是我被雷米的反應嚇到，強勢的態度卒仔地縮了回來，輕輕地摸著雷米的肩，又說：「好啦！冷靜一點，不是少年郎了！別夜衝了，還沒到起點，還有一千公里路在等著呢！我們到時看看狀況再說吧。」

八點半，車站門口突然開進兩輛黑頭計程車，一台Benz，一台BMW，閃閃發光，感覺背景還有英雄音樂響起。但後面又接著一輛兩人座的可愛小電動車，「這，該不會是要載我們吧？」我瞇眼打量。

結果竟是高級專車載我們到盧爾德！

下車時我偷拍了車內的計程錶，金額高達四百多歐元，相當於台幣一萬四千多元，不過這金額不是我們要付的，真是好險。

原來還沒開始走朝聖之路，老天爺就賞了我們這段奇幻旅程！

一粒米的
台語＆法語教室

華語	台語拼音（台語文）
又	koh（閣）
轉車	puânn-tshia（盤車）
預計	àn-sǹg（按算）
但是	m̄-koh（毋過）
接下來	suà--lo̍h-lâi（紲落來）
廣播	hòng-sàng（放送）
折	áu（拗）
做夢	bîn-bāng（眠夢）
洗澡	sé-sin-khu（洗身軀）
講笑話	kóng-tshiò-khue（講笑詼）

華語	法語
火車	train
火車站	gare
火車票	billet de train
故障	panne
車廂	wagon
網路	Internet
新聞	actualités／nouvelles
退費	rembourser
行李	bagages
礦泉水	eau minérale

法國的公園
不是二十四小時開放的

小乖

在搭計程車前往位於法國西南部上庇里牛斯省，那個全法國最大的天主教朝聖地「盧爾德」的路上，同車的魔術師告知我們，就算是晚間十一點了，還是會有近上千人在聖地的聖泉洞口禱告。

對於這個訊息，我們半信半疑又滿心期待，畢竟法國到了晚上七點，通常只剩兩、三隻小貓在外遊街。

我跟雷米在盧爾德火車站前下車。下車時，現場相當冷清，頓時寂寞上身，頭上烏鴉飛過三隻。我們望著高級計程車的揚塵而去，風兒還吹起幾片樹葉！想追又不敢追，追了也追不到……。

「人咧？那來的上千人？」火車站內外的人屈指可數，心想會不會是被呼攏了？

今晚，到底是要先去聖洞還是先找住宿呢？我和雷米討論後，達成共識：還是往聖洞方向走，沿路問住宿價格，三十歐元內可接受。

不過，這裡可是法國耶，觀光勝地的住宿絕對不便宜，所以都一直超出我們的預算，我們也就繼續走下去。

沒想到轉了幾個路口後，開始發現有些人潮，越往洞口方向，竟出現了「車水馬龍，川流不息，商店林立」的景象。我隨意地看了商店街上所販賣的商品，其實大多是聖母雕像與一些空瓶。

真的沒用誇飾法，一路上人潮相當多，多到走路時還常得跟別人喊一聲「借過」，簡直跟台灣的夜市沒兩樣。特別一提的是，現場也有很多輪椅族。

再看看手錶，已經十點多了，此區法國人竟然營業到那麼晚，真是大開眼界了！

跟著人潮走，我又看到前方一群人在排隊。我跟雷米說應該就是這裡了，雷米回應說：「還不是，因為人還不夠多。」我好奇那群人在排什麼，原來是在取聖水，瞬間我的大嬸個性又發作，馬上加入隊伍。每個人都大罐大桶地裝，我身上卻只有一瓶單車水壺，也就只能「勉強」裝一瓶了。

不管大家信不信這水有神奇功效，反正我是信了！反正都千里迢迢來到這裡，剛好腳上的大姆哥也已扭傷兩週，我就內服加外用地跟它拚了！阿毋過排了那麼久的隊伍，也只裝了一小瓶，於是我要省著用。我脫去襪子，就只淋淋大姆哥，按摩吸收一下。

但是不摸則已，一摸就「哀呀我的媽！痛啊！」、「這樣的腳怎麼走千里朝聖之路？」出發前，其實我為這樣的腳痛擔憂許久，還動過延期的念頭呢！只是內服外用後，忍住傷痛，繼續往人潮去。

果然，前方又一區更大的人潮聚集。

雷米說：「應該是這裡了。」我們跟上人潮，跟著大家沿著石壁摸一圈石洞。石洞上的岩石呈現光滑，應該是被成千上百萬的人摸過吧！

走出聖洞後，發現旁邊又有一整排水龍頭無人排隊，心想：「剛才還在別處跟人家排隊了幾十分鐘，是在排心酸的嗎？這邊根本不用等待啊！」

這下我立刻找了其他容器來裝聖水泡腳指，一路上想丟卻丟不掉的巧克力餅盒，這時馬上派上用場，合了一下腳，跟盒子尺寸差不多，整個腳掌放進去後竟然拄拄好呢！

泡完腳後，是時候決定何去何從了。看看手錶，已經晚上十一點三十分，但現場還是人山人海，禱告聲此起彼落，好不熱鬧。我跟雷米走到一個地方剛好有長鐵椅，我倆很有默契同聲地說：「就先睡這裡，凌晨五點再出發。」

於是我們第一次體驗睡在公園裡。一開始我很緊張，深怕別的流浪漢來說是他的地盤，所以每十分鐘就睜眼巡視，後來發現這裡好像沒其他流浪漢，而且人潮似乎也在十二點後散去，接著我開始半夢半醒。

凌晨一點，頂上大樹的枝葉突然大力左右搖擺，夾雜颼颼的狂風聲把我吵醒。我開始冷到打哆嗦，連忙起身找出行李的睡袋跟雨衣，也丟一組給雷米避寒。風聲夾雜樹枝與樹葉搖擺的沙沙聲，我不時睜眼看周圍狀況，其實四下已經無人了，只剩這風吹聲，但月黑風高，加上鐵椅實在冰冷，我無法入睡。因為今天整日的交通也夠累了，明日還要辛苦走路，於是心中開始後悔省下飯店錢，邊擔憂又邊進入半夢半醒狀態。

直到清晨四點，一盞汽車大燈直直地照著我們，我連忙起身並叫醒雷米，原來是巡邏警察發現我們，雷米趕緊跟他們解釋：「我們是朝聖者，火車故障誤點，導致半夜抵達盧爾德，而清晨又會很早出發，所以在這裡休息，我們不知道不能在此睡，真抱歉！」警察一聽，告訴我們這座公園只開放到晚上十二點，時間一到，所有人都要離開公園，隔日才會再開放。一般情況下，我們這個時間停留在公園，是會收到罰單的，但警察這次放了我們，而且在五點時必須離開，並諄諄告誡之後不能再犯相同的錯。我們連忙答應並道謝，立刻把行李整裝後就出發了。

原來想當流浪漢也沒那麼容易啊！

一粒米的
台語＆法語教室

華語	台語拼音（台語文）
寂寞	hi-bî（稀微）
價格	kè-siàu（價數）
便宜	sio̍k（俗）
誇飾	hàm-kóo（譀古）
水泡	tsuí-phā（水疱）
流浪漢	ū-lōo-bô-tshù（有路無厝）
睡袋	khùn-tē（睏袋）
雨衣	hōo-i／hōo-sann （雨衫）／hōo-mua（雨幔）

華語	法語
公園	parc／jardin public
排隊	queue／faire la queue
聖水	eau bénite
石洞	grotte
水泡	ampoule
長躺椅	banc
緊張	nerveux／tendu
流浪漢	sans-abri／clochard
睡袋	sac de couchage
雨衣	imperméable

關於法國聖地
——盧爾德鎮

在法國西南部上庇里牛斯省的盧爾德（Lourdes）鎮，這個是天主教世界著名的朝聖之地，每年的8月15日對無數求得健康的病者們來說，是一個最大的節日。去年（2019），來自全國甚至世界各地三萬多朝聖者聚集盧爾德，舉行隆重聖母瑪利亞昇天節大彌撒。

盧爾德為何成為聖地呢？

相傳在1858年，盧爾德鎮上，當時14歲的貝娜黛特從小體弱多病，有一天和妹妹還有一位朋友到城外山上撿柴，在河旁的山洞中看到一位身穿白衣、頭戴白紗罩女子出現。她回去告訴村裡的大人們她看到聖母顯靈，愈來愈多人和貝娜黛特到洞前探實，可是每次，都只有她才會見到聖母現身，別人都無法看見，聖母和她對話，告訴她說：「有罪的人應該懺悔，並稱『我無原罪』。」到第九次的時候，聖母對她說：「你去喝泉裡的水，並把自己洗乾淨吧。」這時，貝娜黛特只見泉水由小變大，到後來，和貝娜黛特一起前往的幾百甚至上千人，飲用聖水後發現身上的病都一一消失。就這樣，直至7月16日，貝娜黛特前後見到了聖母瑪利亞18次。

從此之後，盧爾德小鎮成了天主教世界著名的朝聖之地，吸引無數朝聖者和遊人。去過的很多人都確信盧爾德的聖水真能治病。盧爾德朝聖日自1873年至今天，已經有147年的歷史，成為法國最古老的全國性傳統節日，連不去朝聖的人們也度過公眾假日的一天。

蜂蜜的省思

小乖

承上一篇，我們在盧爾德聖地被勸離後，我倆緊走敢若飛，深怕又來一組警察，可沒那麼好講話了。此時的盧德聖洞公園空無一人，相當寧靜，但我們真的不敢久留。

走回公園入口，我們看著地圖要尋路而行，突然看到熟悉的貝殼圖案，我們便高興地往那方向前進，只是夜深人靜，整個法國在清晨五點時，外頭還是暗眠摸。此時手拿登山杖，實在無法再拿手電筒照路，尋找那個黑漆漆的指標。幸虧我有帶帽燈，一開燈，前方的路立即映入眼簾，心中頓時安心許多。

接下來的路上，我們並沒看到那熟悉的黃箭頭[註1]，只好繼續順著馬路前進。

天色漸漸亮了起來，而車流也跟著多了起來。走在馬路旁實在危險，加上昨晚沒睡好，在看到一個公園後，我們就決定鋪地巾，在公園一角小躺一下，恢復一些精神再前進。

註1：西班牙朝聖之路是看黃箭頭，而法國方面的朝聖之路是看紅白橫條。

休息後繼續上路。回到剛剛走的馬路，接著再沿著馬路走了六公里，沒看到指標，也沒見著其他朝聖者。我倆對於這種情況，所得到的共同結論是：難怪很少人走法國境內的這路線，感覺很危險，指示也不清楚。

在六公里後的公路旁，我突然發現一個朝聖貝殼的民宿的招牌。我便跟雷米說要進去看看，但雷米很怕我才走六公里就想要留宿，一直不答應我。（哪會這麼了解我！）。冰雪聰明的我於是又跟他說：「我們來去問問路也好啊！」他最後拗不過我的請求，便心不甘、情不願地繞進去了。

原來這裡是一個小村莊！可是我們並沒有找到那間民宿。

卻在這個我們自以為偏離路線的村莊教堂處，見著了一個背著大背包的阿伯正快速地從我們前方通過。讓我們眼睛為之一亮的，是他背包上「有！貝！殼！」

雷米趕緊上前去詢問他是否為朝聖者，答案是「Yes！」。於是我們急忙加快腳步跟上他，與他同行，並藉此向他詢問了一些法國朝聖路的問題。

這阿伯彷彿是上天派來指引我們的。

阿伯告訴我們，原來法國方面的朝聖路標不是黃箭頭，而是一個紅白二線的標誌。說著說著，我們就轉進山林小徑了。是啊，這種山林路才是熟悉的朝聖之路嘛！

那時，我們在朝聖路上犯了以偏概全的錯，以我們所見的小小狀況去推論後續發展，並自作聰明地下了定論。

這也讓我想起另一件事。之前在台灣產龍眼的大岡山，我開車停在一間土產店前，想買龍眼乾給法國爸媽當伴手禮，店老闆熱情招待我，也順便讓我試喝了龍眼花蜜茶。從沒喝過龍眼花蜜茶的我，第一口入喉，讓我相當驚喜：「這根本是蜂蜜的味道啊！」於是我高興得馬上買了一罐龍眼花蜜，想帶去讓法國父母喝喝台灣道地的蜂蜜茶。

不過啊！我意識到龍眼花蜜是因為我們台灣的蜜蜂就地取材，所以他採的是龍眼花裡的蜜汁，當然我們從小認定的蜂蜜就是這種味道。然而，法國普羅旺斯的蜜蜂，也是就地取材，採了薰衣草和其它的花蜜，所以他們印象中的蜂蜜，就是薰衣草蜜或者其他的百花蜜，絕不會是龍眼蜜。因此，即便我帶了龍眼花茶去法國，他們也是會覺得這是花茶的一種，不會是蜂蜜茶。

喝個茶突然讓我領悟這個道理，我突然感覺過去的自己耳目閉塞，如果沒喝過第二種口味的蜂蜜，大概只會認定龍眼花蜜才是蜂蜜的味道。

我們經常會「以管窺天，以蠡測海」，一再犯類似的錯。好險在繼續上路前，我們就即時發現自己的路線錯誤，萬一走錯路，又事後在網路上傳遞錯誤訊息給其他人，不知道又會使多少人以為法國方面的朝聖路很危險。

話題轉回朝聖路上。在山裡頭，我跟雷米自在地對話：「這樣的山間路徑才是對的啊！」

我們就這樣一直走，到了另一個山下的村莊，阿伯說他需要到小商店補充他的維他命（啤酒）跟氧氣（煙），我們也跟著在此休息。

阿伯原是法國的海軍，911之後，他也去了阿富汗打仗。現在退伍了，就開始走朝聖之路，已經走過很多條。後來，他拿出他的朝聖資料小抄給我們看，我們立馬像螞蝗一樣吸附上去，想瞧個仔細，阿伯也大方地說我們可以拍照。這些資料也成了我們之後很棒的路線參考與住宿訊息。

真心覺得阿伯是上天派來指引我們的天使！

在後來的路段上，出現一位年輕背包客，像是有點迷路的樣子。原來他也是朝聖者，而且他說他是騎馬來的。但我們並沒有看到馬兒的蹤跡，便好奇的問：「那馬呢？」他回覆說他的馬兒在盧爾德受傷了，於是把牠先放在那邊，他自己用走的來。我心想：「馬應該是阿基里斯腱痛吧！記得要給牠泡泡盧爾德的聖水啊！」

後來我們同行一段，雷米沿路邊走邊跟騎馬弟聊天。雷米說有一次他騎馬出門，後來馬兒受傷，停在路邊，他立刻下馬治療他的馬，馬兒痛得大叫，他心裡也很難過。

過沒多久，竟有警察來找上他，原來是路人經過，聽見馬大叫，就報警說有人虐待馬，卻沒有弄清事情真相，導致雷米被冤枉。

現在回想這些事，真讓我心有所感。很多人都只會用片面角度在看待與處理事情，就像瞎子摸象一樣，摸到鼻子的說是水管，摸到腳的說是樹，摸到象尾的說繩子，只用自己固著的思考模式來評斷，觀點就會有所偏頗。很多時候，如果我們並非當事人，在沒有徹底了解當下事件發生的來龍去脈前，真的不要只看其中表面就妄下定論，或是批判指責，否則真的容易有更多錯誤與糾紛出現。

一粒米的
台語＆法語教室

華語	台語拼音（台語文）
走／跑得很快	kín tsáu kánn-ná pue（走敢若飛）
黑漆漆	àm-sô-sô（暗趖趖）／àm-bîn-bong（暗眠摸）
外面	guā-kháu（外口）
難怪	bo̍k-kuài（莫怪）
進去	ji̍p-khì（入去）
我們	lán（咱）包括聽話者
之前	tsìn-tsîng（進前）
幸虧	hó-ka-tsài（好佳哉）
怎麼那麼	ná ē hiah（哪會遐）
虐待	khóo-to̍k（苦毒）

華語	法語
警察	police／gendarmerie
公園	parc／jardin public
地圖	carte
貝殼	coquillage
手電筒	lampe de poche
小村莊	petit village
聰明	intelligent
蜂蜜	miel
蜜蜂	abeille
馬	cheval

生活小趣事
——來種薰衣草

小乖

在法國時，時常在戶外看著滿滿的薰衣草田，我就幻想自己能有幾株薰衣草，偶爾掬一把清香多好！

但聽雷米說，薰衣草要長大到能開花，至少也要兩、三年，那時我承認我有點想放棄，時間花得太久了。

但最近我一時心起，買了薰衣草種子回來，讓我又燃起掬一把清香的美夢。

於是，我灑下了我的希望種子，然後等了快十五天，卻都不見動靜。就在我以為失敗的當下，突然看到花盆中長出五株小嫩芽。我急忙上網查詢薰衣草的照顧方法，網路訊息也的確告知它不好種植，不喜水，不要太強的日照。接著我小心呵護，看這五株緩慢成長的嫩芽，內心感動無比，也開始有了這等幻想：「如果讓我養育成功，我要來買一塊地，種滿薰衣草，然後蜜蜂會來採蜜，我可以賣薰衣草蜜。可是一定會有人偷採，那就得圍起薰衣草田。想要參觀的每人收一百元的入園費，再來我就發了！哈哈哈！」光空想這等美夢，連嘴角都忍不住揚了起來。

還在幻想的那幾天，我感覺有兩株長得比較好，啊毋過怎麼長得有點像隔壁老王？嗯，再等一陣子看看好了！

又過了幾天，我忍不住心中的疑惑，採了一片葉子！揉一揉、聞了聞，心中「*#@@！」起來，原來我種的不是薰衣草，竟然是——九層塔！吼……幹嘛魚目混珠！害我空歡喜一場。

把九層塔移種他地後，老實說，我也不知道剩下三株到底是什麼了！

台灣生活好方便

雷米

台灣對於外國觀光客來說，是一個生活相當方便的國家，許多行業提供的便利服務，總會讓人驚豔。不過不只對外國觀光客，連我們本地人也早已對這種便利的生活習以為常。

來台灣之後，我發現台灣的開業商店總是隨時敞開大門歡迎顧客，有時顧客進了商店，還會發現沒人在顧店，得向屋後大聲叫喊，老闆才會應聲出來，甚至有些雜貨店的阿公阿嬤還會在門前打瞌睡，一點也不在意人進人出，這也代表台灣治安真的很好。

因為治安問題，法國的許多城市裡的商店，其大門大多不是直接開放的，通常得在門外按電鈴，由店家幫你開門。

台灣還有一個與眾不同的特色——診所特別多。市區裡的一條街上，可能從頭部、眼睛、牙齒，到骨科的相關診所通通都有，而且招牌林立。若是身體感不舒服，馬上上網查詢一下診所資訊，駕車前往，便能就診。住鬧區的通常十分鐘、住遠處的開車半小時內就能到達診所，在裡頭也只需等個幾分鐘或數十分鐘，就可看到診，十分便利。

而法國的醫療保險制度雖然也很完善，但在法國想看醫生卻非常麻煩。大部分的診所都隱身在住宅區內，而且大多沒有明顯的招牌，不容易找，老實說，如果你不懂法文，從建築外觀來看，你根本不會知道眼前就是一間診所。

我跟老婆有一次要參加一個法國的越野跑步賽，賽事規定必須請醫生開立體檢證明，證明身體健康狀況是足以參加此賽事的。於是我父母就先幫我們預約看診，預約的醫師是我家固定看診的家庭醫生。檢查當天，當我們來到診所前，小乖還非常疑惑這是一間診所，因為外頭只釘著一個告示牌，上頭寫著醫生的看診科別、時間與聯絡電話，模樣跟台灣的診所一點也不一樣。

而且法國的診所一般都是不接受臨時掛診的，如果醫生破例臨時讓病患掛診，病患也通常要在診所裡等上好幾個小時。所以法國人不太常會去找醫生，而是在家裡自備很多藥品，或是去藥局諮詢藥師買藥。

相較起來，台灣人在享用醫療資源這方面，真的很方便、很幸福。

再來提提婚禮化妝服務一事。我跟老婆是在法國辦普羅旺斯式婚禮的，但在婚前的妝容準備，可說是相當麻煩。在台灣，婚禮前只要請個新娘祕書，從頭到腳，從新娘本人，到新郎、岳父岳母，通通海包，髮型、妝梳都能在家輕鬆搞定。

在法國，我們只能全部自己來，或找朋友幫忙。先去美容院化妝，然後又趕著去美髮院整理婚禮髮型，而且法國少見像台灣美髮店這麼舒服的洗髮服務，根本也不會幫顧客按摩或熱敷。而且在花費上也不便宜，光化妝，我們兩人就花了三千元台幣；而髮型整理上，老婆只使用簡單電棒捲，我也只隨便set豆一下，就花了四千多台幣。這些都還不包含來回交通時間與油資呢！

對了，在台灣享受美容美髮服務，真的超級方便。鬧區內髮型店、美容院、SPA店也相當多，在鬧區內走一遭，就可完成一條龍服務，費用也不貴。在法國，剪髮基本消費就要二十歐元（約台幣七百元）起跳，而且也沒有單純洗髮服務。台灣除了有百元剪髮與洗髮，高級一點還會加上肩頸按摩、精油舒壓，整個流程下來，三個小時的服務也無需花到台幣五百元。

台灣另外還有個非常便利的服務，就是有營業時間二十四小時、服務內容包羅萬象的超商，而且隨處可見。在法國就沒那麼方便了，比較大的城市裡還能看到少數幾間超商，出了城市就什麼都沒有，晚上七點後若是肚子餓，就必須回家吃自己，或找一餐二十歐元以上的餐廳吃晚餐。像我那村莊沒什麼餐廳，只有一家雜貨店，每日營業時間不長，而且中午十二點到下午三點還是休息時間咧！

另一個重要的民生問題，就是上廁所了，有時出門在外，遇到尿急，往往得找個廁所解決。在台灣要找廁所很容易，除了許多店家有提供廁所，公廁也算多。法國的公廁少，就算找得到，大部分也都是要付費的。能到一些連鎖商店外借廁所嗎？不，除非你是該店消費者，店家才會准許你使用洗手間，像是給你一組通行密碼，讓你透過入輸入密碼來進入廁所。

說了那麼多法國不方便的部分，其實法國也有不錯的地方。

第一，就是水龍頭的水可以生飲。但是如果是來自熱水管線的水，可別以為可以喝熱水喔，只有冷水才可以生喝。

再來，如果你已經在巴黎了，想漫遊其中，來個城市探索，巴黎市政府所推出的Vélib'單車可以好好利用，因為整個巴黎共有一千八百座出租站，超過一萬部的自行車可以租用，比地鐵站還密集。巴黎市區有許多自行車專用道，遊客只要透過信用卡購買使用券，而且可以在任何一站取車或還車，最好康的是，還有三十分鐘的免費使用時間呢！

其實台灣生活便利的底子，是基於台灣人刻苦耐勞的個性，而且能夠相互合作，為了讓彼此能享有更好的生活，而有犧牲小我的工作態度，還有啊，台灣人比較願意接受一些夜間的工作。不過這種犧牲奉獻的精神，往往會被一些無良的雇主給利用，剝削了員工該有的權益，使這些犧牲奉獻的勞工沒有得到相符的報酬。

在法國，一星期的工時「不可超過」三十五小時，而且法國的夜間工資有另外的算法，費用較高，依時段薪資加給從10%到60%不等。在制度、文化、思維、民情、……等等因素下，讓法國人寧願把下班時間拿來享受人生、陪伴家人，或與朋友閒聊，也不會選擇加班賺錢。

台灣已經是已開發國家，在許多勞資關係的制度上也該與時俱進，甚至部分雇主也應該調整心態，不該再把員工當工具，而是當作永續經營的好資產、好家人，如此，才能做到勞資雙贏，台灣也才會更和諧富裕。

一粒米的
台語＆法語教室

華語	台語拼音（台語文）
之後	liáu-āu（了後）
老板	tiàm-thâu-ke（店頭家）
打瞌睡	tuh-ku（盹龜）
大聲叫	huah-hiu（喝咻）
按電鈴	tshi̍h tiān-lîng（揤電鈴）
化妝	se-tsng（梳妝）／uē -tsng（畫妝）
水龍頭	tsuí-tō-thâu（水道頭）
自行車	kha-ta̍h-tshia（跤踏車）／khóng-bîng-tshia（孔明車）／thih-bé（鐵馬）

歇後語

甘願做牛，毋驚無犁通拖	kam-guān tsò gû, m̄ kiann bô lê thang thua（解釋：為謀求一餐溫飽，情願做牛做馬，也不怕沒工作）

華語	法語
商店	boutique／magasin
診所	clinique
醫生	docteur／médecin
婚禮	mariage
化妝	maquillage
理髮院	salon de coiffure
便利商店	magasin de proximité
公廁	toilettes publiques
水龍頭	robinet
自行車	vélo／bicyclette

那些年，
一粒米的青澀人生

雷米

說起我的求學過程，就得從我的村莊——奔牛村的市立小學開始說起。那個時候每週一到五上課四天，週三、六、日是假日，每日的上課時間從上午9點到下午4點半，而且放學回家後，不用準備什麼考試，或者去補習班，是直接回家作功課和玩耍。

中學開始，因為到私立中學就讀的關係，老師們顯得比較嚴格，空閒時間也較少，但是那段求學時光大部分也是相當愉快的。國中畢業後，就讀的公立高中也都帶給我美好的求學回憶。

其實我是到了台灣之後，才開始意識到，原來我在法國時的學生生活是輕鬆、自在與幸福的。

東亞地區的學生，不論是在台灣、香港、日本或韓國，每天都花相當多的時間在苦讀，因為要不斷考試與追求成績。學生每天可說是承受非常大的學習壓力。讓我費解的是，台灣學生放學後還要去補習班，晚上也都很晚才回家，對他們來說，在學校與補習班的時間比在自家還要長。更曾有調查說，台灣青少年在全球同一年齡層中，是睡眠時間最少的呢！這真的是台法文化之間的一個巨大差別。

老實說，住在台灣這麼多年之後，我仍然無法理解，為何要讓學生犧牲自己的童年在過度的學習生活上？在我眼中，這樣的學習所付出的代價顯得有點大，畢竟童年只有一次，小朋友應該就要有小朋友專屬的快樂生活。

不過回想起我的學校生活，也不盡然是完全歡樂的。我還清楚地記得在國中上的每一門數學課惡夢。在法國，我們是用選課方式上課，而數學是必修，得選幾門來上。我大部分的學科成績都很好，偏偏數學不行，這也是我的罩門。其中一個原因也是因為一位不才的老師，使數學成了我最討厭、也不擅長的科目。

我覺得老師的工作之一，在於引起學生對該學習科目的興趣，進而會認真、主動學習。但是老師的授課態度不好，學生的學習不僅不會進步，只會更討厭該科目，成績自然會變得更差。

怎麼形容我的國中數學老師呢？她其實不太像是老師，反而比較像是我們數學課上的監護人。她是位情緒不穩定的女士，生氣起來常常會給學生呼巴掌，或著是用書打他們的頭。當學生回答出令她不滿意的答案，有時候她會讓筆、尺、書……等物品在空中飛舞，並朝學生身上飛去。

每次學到比較複雜的課題，她就特別喜歡叫我到黑板前，去解一些連數學資優學生也看不懂的習題，害我緊張地站在黑板前愣了許久，驚恐到快哭了。我常常面對黑板，一個數字也寫不出來，她也在一旁一聲不響、雙手插腰地注視著我。持續五分鐘後，若我還是寫不出答案來，她就會突然像火山爆發似的，在其他學生面前把我罵得狗血淋頭，接著再叫下一位同學上前去解習題。

她不時還會在下課後，把我留在教室裡加課。如果那時這種教法對我有任何幫助，我的數學學習一定會進步，並愛上數學，現在也會對老師心存感激。不過由於她採用的教育方式很極端，也不近情理，以至於我現在是永遠無可救藥地、超級無敵地憎恨數學了。

那位女士當了我兩年的數學老師，後來由於得到嚴重憂鬱症，好強的老師最終被校長打發離校，也讓當學生的我們寬心不少。

說起我擅長的科目，小學時最拿手的是法文，在聽寫考試中總會得到全班最好的成績。上了中學後，除了對我的母語還是一樣地感興趣，同時我也開始認真地學起英文。中學數學課雖然總讓我壓力山大，但也因為上完課後整個人很心煩，需要消除自己的壓力，便會去運動場走幾圈。剛開始只是慢慢走，後來步速一天天加快，最後我是用跑步的方式繞圈圈，而且壓力越大，跑步速度越快。慢慢地我發現自己很喜歡在田徑場奔跑的感覺，於是後來加入了學校的田徑隊，變成了百米短跑選手。那段時間裡，數學老師彷彿是我的病因，運動就像處方藥一樣，吃了就會好。病症一醫好了，就無需再吃藥了，加上中學畢業後，因為二哥發生嚴重車禍，家中很多事情要處理，我只好暫停跑步，在高中生涯裡也就運動得少了。

除了語言學習和運動外，我對地理學與歷史學也感興趣，這自然而然激發了我對世界各地文化的好奇。到了亞維儂大學唸書時，地理學成了我的主修項目，也在研究世界地理後，想要出國旅行的渴望就更堅定了。

開始出國旅行後，以及後來輾轉到台灣來的過程，就是另一段故事了。

一粒米的
台語＆法語教室

華語	台語拼音（台語文）
村莊	tsng-thâu（庄頭）
每日	ta̍k-ji̍t（逐日）
玩耍	tshit-thô（𨑨迌）
老師	lāu-su／sian-sinn（先生）
唸書	tha̍k-tsheh（讀冊）
遲鈍	hân-bān（頇顢）
更	koh-khah（閣較）
插腰	tshah-koh（插胳）
擅長	gâu（𠢕）
慢慢	liâu-liâu-á（聊聊仔）

華語	法語
學校	école
上課	aller en classe
作功課	faire ses devoirs
國中	collège
老師	enseignant／professeur
唸書	étudier
高中	lycée
成績	notes
考試	examen
大學	université

餐桌上的法國

雷米

台灣有句俗語：「食飯皇帝大。」意思是「民以食為天，吃飯這件事最重要」。而我們法國也有一句話這麼說：「Dis-moi ce que tu manges, je te dirais qui tu es.（告訴我你吃什麼，我就能告訴你你是誰）」

在法國文化裡，飲食是相當神聖的一件事，每個人的用餐時間是不可侵犯的。在餐桌上，最重要的不是填飽肚子，不是要吃多少、多好，而是要慢慢吃，並與家人或朋友共享輕鬆、愉快的歡樂時光。

用餐的過程隱含了法國人慢活的生活態度。日常的用餐時間大約一小時，但是在重大節日的家族聚會上，如聖誕節、新年、家人生日等，用餐時間就可能花上好幾個小時，甚至一整天！

再說，不管是平民或貴族，全都是相當重視餐桌禮儀的，用餐時的任何一個舉手投足也相當講究，甚至是達到一種藝術的境界——Art de la table，餐桌上的藝術。我們首先會鋪上美麗的桌巾，並選用合適的餐盤、餐具，餐具刀叉使用順序由外而內，左手拿叉，右手拿刀。使用刀叉時，雙手不能貼著餐桌，要跟餐桌保持一段距離。

台灣人用餐似乎比較不重視這點，例如全家過年吃團圓菜時，桌面上通常都只是鋪上「報紙」，而不是桌巾，至於餐具之類的，也似乎夠用就行。關於這些，法國人真的比較「費工」。

法國人在開動前都會說Bon appétit，先祝福所有的用餐者有好胃口，接著才會開始享用美食。出菜有先後順序，不會亂序，菜肴更不可能全部同時上桌。一般的法國午餐（Déjeuner）包括一道前菜（Entrée）、一或二道主食（Plat principal），以及甜點（Dessert）。

前菜通常是沙拉或者是冷盤（肉凍），主食的選擇有牛排、薯條、魚肉、烤雞……等等，加上一盤起司（Fromage）。在最後的甜點時間，有些人吃完點心後，會再喝一杯咖啡來幫助消化。

說起乳酪，在法國美食中占有很重要的地位。法國不但擁有一千多種乳酪，也是世界乳酪消費第一國。就像不敢吃豆腐的別說你是台灣人，不敢吃我們法國的Fromage，就別說你融入法國了！

法國人也愛喝咖啡，常見的咖啡有Café au lait，（咖啡加牛奶，可愛的台灣人直接翻譯成「咖啡歐蕾」），以及Café noir（黑咖啡），與Café allongé（咖啡加水，就是美式咖啡）。不過，法國人最常喝的咖啡，應該是Expresso（濃縮咖啡）。

法國人都很晚才吃晚餐（Diner或Souper），大概是在晚上七、八點時，這應該是很多法國人喜歡邊吃飯邊看新聞的緣故。而台灣人的晚餐通常是在晚上六點後吃的，但是因為吃得較早，所以有人晚一點還會出門，去夜市吃些小吃，這也可說是台灣人的第二次晚餐！

這也許就是法國人比較瘦的原因，因為法國人沒有第四餐——「夜市餐」啦！

法國人平時的餐點選擇上，比較少見到米飯，但是很愛吃麵食，像是義大利麵或千層麵，還有義大利餃、焗烤馬鈴薯、歐姆蛋跟洛林鹹派等。夏天時，因為天氣很熱，蔬果產量也多，所以法國人偏好喜歡吃些比較清淡的食物，像是沙拉、冷麵，或者冷飯沙拉，還有北非小米沙拉等。到了冬天，因為法國冬天很冷，法國人都吃些比較營養的熱食，像Pot-au-feu（蔬菜燉肉鍋）或者是Raclette（瑞士起司火鍋）。

另外，法國人通常也只有冬天才會喝熱騰騰的湯，像是蔬菜湯、魚湯，在我的家鄉最有名的就是「馬賽魚湯」。台灣人倒是一年四季都喝熱湯，就算天氣熱也照喝不誤，連有湯的火鍋也不放過！

在法國的餐廳用餐，吃不完的餐點是不會打包回家的，也因此食物的浪費十分嚴重。而台灣的打包文化卻讓我很驚喜，雖然一開始很不習慣，覺得很沒規矩，但後來反而覺得這是一個不浪費食物的作法，現在我也會跟著打包了呢！

至於在伙食的採買上，台灣人買菜，通常喜歡去傳統菜市場，因為貨品貨色比超市的新鮮、美味與便宜。在法國也有露天市集（Marchés），一般是見於街道旁，或者是集中在城市中心的小廣場，攤販林立，有一種岡山籮筐會的味道。到了市集，除了可以買季節性的新鮮水果或蔬菜，也有賣麵包、海鮮、奶製品、肉品、橄欖、薰衣草、蜂蜜、精油、肥皂、松露、果醬、各式各樣的香料，還有衣服、帽子、籃子、包包、鞋子、杯盤等生活用品。

在普羅旺斯，幾乎每一個村莊都有「市集日」，當天的營業時間會從早上七、八點到下午一、二點。而在我的村莊，市集日則是週五上午，當我回到法國探訪父母時，偶爾也會去市集上幫我的朋友賣松露。

話說松露是一種高等食材，價格不凡，普羅旺斯語叫它Rabasse。松露是普羅旺斯三寶之一，也是南法的黑金（Or noir）。松露又分成黑松露和白松露兩種，黑松露生於冬季，而白松露則是夏天生長。義大利是白松露的主要產地，而黑松露則是集中在我的家鄉——南法。

因此，有機會到南法旅遊時，別忘了前去品嘗一下黑松露的滋味喔！。

一粒米的
台語＆法語教室

華語	台語拼音（台語文）
民以食為天	tsia̍h-pn̄g hông-tè tuā（食飯皇帝大）
費工、費工夫	kāu-kang（厚工）
邊吃邊看	ná tsia̍h ná khuànn（那食那看）
燉肉	khòng-bah（炕肉）
熱騰騰	sio-kún-kún（燒滾滾）
現在	tsit-má（這馬）
菜市場	tshài-tshī-á（菜市仔）
衣服	sann-á-khòo（衫仔褲，泛指衣服）
偶爾	ū-sî-á（有時仔）
幫忙	tàu-kha-tshiú（鬥跤手）

華語	法語
義大利麵	spaghettis
千層麵	lasagnes
焗烤馬鈴薯	gratin
歐姆蛋	omelette
洛林鹹派	quiche lorraine
沙拉	salade
北非小米沙拉	taboulé
馬賽魚湯	bouillabaisse
市集日	jour de marché
松露	truffe

關於
馬賽魚湯

說起湯品，世界三大名湯有：泰國的酸辣蝦湯、中國的魚翅湯，以及法國的馬賽魚湯。

馬賽是法國的第二大城市，位於南法的普羅旺斯，地理位置絕佳，成了地中海最大的商業港口，當然海鮮也是相當豐富。

這道地中海區的複雜魚湯，算是普羅旺斯菜裡頭經典中的經典，做法各地區有些許不同，但是馬賽地區的烹調方式被認為最道地。

說真的，我自己都沒喝過真正的馬賽魚湯，因為馬賽那個地區是法國治安很差的地方，所以我能避免去就儘量不要去。

這道經典料理的由來，有這麼一說：當地漁夫會把價格高、品項好的魚拿到市集販售，剩下看來比較差的魚就會跟一些蝦蟹、貝類一起烹煮成湯，而這魚湯集所有海鮮精華於一鍋，人人說好，湯的名聲就開始遠播了。

馬賽湯的材料通常有：橄欖油、洋蔥、番茄、大蒜、西洋芹、茴香、百里香、蔥、月桂葉、番紅花和橙皮等。

隨著馬賽湯開始出名，各地也開始研發馬賽湯的新作法，加入更高等的食材。只是真正的馬賽魚湯，則必須使用地中海的魚產才行。

迷不迷信隨便你（上篇）：關於壞的迷信

雷米

世界各國都存在著一些令人難以理解，或是會讓人莞爾一笑的迷信。儘管新一代法國年輕人比較不迷信了，但多數法國人還是迷信的，甚至部分人士還認為生活中的一些巧合現象確實會招來厄運（Porter malheur），因此有些生活上的小習慣，都是用來應對迷信的。

其中，有不少的迷信和宗教有關。

舉個例子來說吧！在西方文化中，「十三」這個數字被認為是不吉利的。「十三」的迷信，起源於聖經中「最後的晚餐」這個故事。出賣耶穌的猶大是第十二個門徒，而耶穌是在星期五被釘死的，所以「十三」就成了被詛咒的數字，因為跟耶穌受難連繫在一起。十三號星期五更被認為是最凶的一天，有「黑色星期五」之稱，在那一天，有些人是絕對不搭乘飛機的，甚至不敢走出家門。法國許多街道上也都沒有十三號的門牌，飯店的房號也會跳過十三號，大樓裡甚至不會設置第十三層，F1賽車也沒有第十三號的車子，還有一些航空公司會把第十三排的位子拆掉，……。若是在聚餐時，若剛好有十三個人同行用餐，就會分成兩桌來坐，或者是邀請第十四個客人。

台灣也有數字方面的迷信。數字「4」諧音「死」，所以受到大眾忌諱，有些飯店樓層會從三樓直接升到五樓。像我舅舅第一次來台灣，入住飯店後看不到四樓，不懂緣故，便把這個問題拿來問我。

再來說說三個與宗教有關的迷信吧！

話說法國極少有人會從梯子底下通過，因為梯子曾經就靠於耶穌的十字架，象徵耶穌的受難，若是從下方通過，怕會遇到不好的事情。

有些法國人也很忌諱在房子裡撐傘。這種迷信起源於埃及，因為古埃及人認為在遠離太陽的地方打開傘，是一種不尊重的行為，會引起太陽神「拉」的憤怒。而台灣也很忌諱在室內撐雨傘，原因是怕招來鬼魂，這點倒是有異曲同工之妙。

至於「晚上遇見黑貓會帶來霉運」，應該是我最無法理解的迷信。我從小養了不少隻黑貓，可以保證跟黑貓在一起是很幸福的事！這個荒謬的迷信起源於中世紀，那時的法國人認為黑貓和女巫相同，都是魔鬼的化身，所以黑貓和女巫都會被活活燒死。不過對英國人來說，遇到黑貓反倒是幸運的事。

在法國想送他人東西，也需注意禮物的挑選。若是要送花，千萬別選菊花，因為菊花代表「肅穆哀悼」，通常是用在葬禮上。也不可隨意贈送刀子，因為這等於是把兩個人之間的友誼切斷。

想送台灣人禮物，也有需要注意的細節，例如絕不能送手帕，有一句俚語這樣說：「送巾，斷根。」其他像是「送鐘」有「送終」之意，「送鞋」則隱含「要人走路」，送這些東西真是不恰當。如果真的想送，就跟對方收些小零錢，當成一場買賣，而非贈送。

身為文化背景不同的台法夫妻，我跟小乖在生活中，常有因為「不清楚」而產生的搞笑時刻。

有幾次在法國，老婆把麵包倒放在桌上，我唸過她幾遍，因為在法國倒放麵包會引來厄運。中世紀時，只有劊子手的麵包才會被反過來放，而且在基督教，麵包是耶穌身體的象徵，所以把基督的身體翻過來，是一種非常不敬的行為。另外，也有些人認為，倒放桌上的鹽罐同樣會招來厄運。

類似的情況也曾發生在台灣。我有時飯吃一半，想要離桌拿個東西，就會把筷子直插在飯上，也會被老婆制止，因為這是給亡者的祭飯動作。

還有啊，很多法國人認為「打破鏡子」會招來七年的惡運。因為對西方人來說，鏡子是用來顯現人的倒影，一旦被打碎，不僅是身體的影像被破壞，靈魂也同樣受損。台灣人對於打破鏡子也很忌諱，不小心打破時，口中會立即說出「碎碎平安」這四個字，諧音「歲歲平安」，就是希望別招來厄運。

更有好幾個月圓的夜晚，我跟老婆在鄉間小路浪漫地散步，我忽然發現當晚的月色很美，於是指著月亮跟老婆說：「妳看，今天是滿月，好圓、好漂亮啊！」然後，我就會被老婆打手手，她說這樣會被月亮割耳朵，老婆還一副好像煞有其事的跟我說她小時候被割過。

早期剛到台灣，曾有一次在鄉間跑步時，我看到有袋子吊掛在樹上，還會發出惡臭，於是我很好奇地問了鄉間的人，他們說裡頭是「死貓」，我一聽，還真是嚇一跳，「死貓不是應該埋在土裡嗎？怎麼會掛在樹上？」原來台灣當時還有「死貓掛樹頭，死狗放水流」的民俗觀念。這一說法，據說是因應「貓喜歡攀爬到樹上，而狗狗喜歡玩水」的情況，順應動物的天性，讓牠們死後也能和生前一樣。

不過現在隨著環保意識的抬頭，與愛護動物的觀念增進，逐漸看不到這等景象了。

一粒米的
台語&法語教室

華語	台語拼音（台語文）
送巾，斷根	sàng kin，tn̄g-kin
零錢	lân-san-tsînn（零星錢 ）
打破	kòng phuà（摃破）
忌諱	kìm-khī（禁忌）
還有	iáu-koh（猶閣）
散步	kiânn-kha-hue（行跤花）
月亮	gue̍h-niû（月娘）
好像	kánn-ná（敢若）
嚇一跳	tshuah tsi̍t tiô（掣一趒）
逐漸	tsiām-tsiām（漸漸）

華語	法語
厄運	malheur／malchance
十三	treize
數字	chiffre
梯子	échelle
雨傘	parapluie
黑貓	chat noir
刀子	couteau
禮物	cadeau
鏡子	miroir
魔鬼	diable

迷不迷信隨便你（下篇）：關於好的迷信

雷米

「迷信」雖然是沒什麼科學根據可言，但有些迷信卻也是很有趣，甚至很討喜。

法國也有些會帶來好運（Porter bonheur）的小迷信。像在我法國的家門上，就掛有一個馬蹄鐵（Fer a cheval），因為老一輩法國人相信這個有避邪的作用，或者是掛上一隻兔腳（Patte de lapin），也是具有相似的效果。

同樣會帶來好運的，像是看到雨後的彩虹，或者是瓢蟲飛走，都是非常吉利的徵兆。也有人說看到流星時要馬上許願，這樣心中的願望就會實現。

還有一種被視為是好運的東西，就是「四葉酢漿草」。酢漿草一般是三片葉子，四葉的酢漿草很罕見，如果能找到四片葉子的酢漿草，那就能得到好運，因此也被稱為是「幸運草」。我記得小時候去野餐，若我們小朋友太吵鬧的話，大人們就會叫我們去找幸運草，保證可以讓他們享受好一會兒的寧靜！

另外，也可以透過某些動作來得到好運。

很多法國人想求得好運時，會觸碰木頭，並說：「Je

touche du bois.（我摸著木頭）」因為耶穌被釘死的十字架是木製的，所以觸碰木頭許願，能讓人得到上帝的保佑而去掉霉運。

為了祈求成功，法國人也會把中指和食指交叉，並且說：「Je croise les doigts.（我將手指交叉）」舉例個例子吧，若是學生想在測驗中拿得高分，可以把手指交叉，並說：「Je croise les doigts pour mon examen.（我為考試將手指交叉）」，這樣可能就會順利通過測驗，甚至是拿到高分。

法國人也相信「不小心踩到狗屎」是會帶來好運的，但是只有「左腳」踩到才能得到狗屎運；若是右腳踩到狗屎的話，就不是好事。是說我從小到大，不小心踩到大便的次數太多了，應該也是累積了相當大的福氣，所以我才能夠娶到我美麗的老婆！

另外還有一個可愛的迷信小動作，就是每天醒來時，不要先動左腳，而要先動右腳，這樣才會獲得一個愉快的早晨。法文有一句話說：「Se lever du pied gauche.（起床先用左腳下床）」意思就是：「從醒來開始，情緒就不好。」

是說台灣這邊的迷信也不少。

先來提提紅包這件事吧！逢年過節時，華人應該沒有人不喜歡拿到紅包的。照理說我這個法國人根本不用管紅包的問題，只是每年總有一包「安太座」的紅包得發，不然就得一次又一次地聽太座提起她的心酸史。

老婆的父母以前就不收親朋好友的紅包，所以她小時候幾乎沒拿過紅包。但是長大後，卻得發紅包給親戚的小孩，搞得她心裡很不平衡。

自從我們結婚後，每到農曆年，絕對不會少了一份「太座紅包」，而且紅包裡的數字也要講究，念起來的諧音得是好聽的，例如16888（一路發發發），或是888（發發發）。

但是有一個數字對台灣人來說是吉利，可是對於歐洲人來講卻是邪惡的，那就是「666」。根據《聖經》的記載，三個連寫的6是魔鬼的代號，所以西方人對666一向避之唯恐不及，因此我絕對不會以這個數字來包紅包。

其實我發現老婆並沒將紅包裡頭的壓歲錢給花掉，反而是放在枕頭裡。我問她紅包放於枕頭內的原因，她回答我：「『壓歲錢』就是要壓著睡的錢啊！可以讓自己在接下來的一年平平安安。」

還有，如果想討個好彩頭，也可以試試穿「紅內褲」。只是紅色不見得都是好的，因為據說不能用紅筆寫自己的名字，會成為一種詛咒。

還有一次，我跟老婆提到自己的眼皮跳個不停，她就問我是哪一眼在跳動，我回答左眼後，她說：「左眼跳財，右眼跳災。」，接著要我放心。可是又有一次，當我的右眼皮開始跳動，心裡頭擔心會有壞事發生，她就問我：「跳上還是跳下？」我回她說是右上眼皮，她便要我拉一拉眼皮，口中跟著念幾次：「好事來，壞事去。」但她這時卻又再跟我說：「男生跳右上眼也是好事。」怎麼還有這樣的不同？真是讓人困惑。我接著就反問她：「那如果是我的右下眼皮跳動呢？」她不假思索地講：「那你多補充維生素B吧！可以幫助神經穩定。」當下，我不得不佩服我這聰明老婆的機靈反應。

雖說「聽某嘴，大富貴。」但是老婆所說的，我不一定完全認同。偶爾我們忙裡偷閒，一起外出享用晚餐，因為可以來一場兩人的小約會，讓我感到很開心，也就會吹起口哨。只是每次都會被老婆碎念，她說晚上吹口哨會招小偷，甚至連我早上吹口哨，她也會輕聲地提醒我如此感覺輕浮。其實在法國，人們只要是開心時，不分白天夜晚，都是會吹著口哨的。

一粒米的
台語＆法語教室

華語	台語拼音（台語文）
迷信	kāu-khiàn-sńg（厚譴損）
瓢蟲	tsu-á-ku（珠仔龜）
吉利	hó-kiat-tiāu（好吉兆）
壓歲錢	teh-nî-tsînn（硩年錢）
眼皮	ba̍k-tsiu-phuê（目睭皮）
擔心	kuà-lū（掛慮）
困惑	bū-sà-sà（霧嗄嗄）
吹口哨	khoo-si-á（呼嘘仔）
輕浮	tshio-tiô（鵤趒）
好事來，壞事去	Hó-sū lâi pháinn-sū suah（好事來，歹事煞）

華語	法語
迷信	superstition
好運	chance
蹄鐵	fer a cheval
兔腳	patte de lapin
彩虹	arc-en-ciel
許願	faire un vœu
四葉草	trèfle a quatre feuilles
枕頭	oreiller
眼皮	paupière
吹口哨	siffler

搶頭香，真新鮮

雖然我很會跑，但腦海中卻怎麼想也想不到法國有什麼競速相關的文化習俗。喔！倒是有一年幾次的優惠大搶購，有人會為了自己心儀已久的商品有了大折扣，而在這一刻拚命地衝。每到特殊節日，法國的大型超市或是購物商場往往會推出超級優惠價，例如一件原本十歐元的商品變一歐元之類的，此時就會吸引很大一群的消費者前來，不搶到優惠商品絕不罷休。

有一次跟老婆也來躬逢其盛這種搶購熱潮。我們很早就到了某一間超市，當時店門還沒開，門口卻已經聚集相當多的人潮，而且大多是那種看起來慈祥、和藹，卻行動緩慢的老人家。但此時他們卻是雙眼炯炯有神、精神奕奕的，各個摩拳擦掌、蓄勢待發，好像準備跑百米賽跑，一時間我們也不清楚他們為什麼會出現這般模樣。結果門一開，那些慈祥和藹的老人家奮力衝進店裡，每個人殺紅了眼，只為了搶到優惠商品。關於這點老人家的興趣，我倆就不去爭了，但是看他們認真的模樣，如果我是有錢的老闆，一定會多多舉辦這種活動，讓老人家們可以多多出來運動！

2020年是我來到台灣的第十四年，但從沒在新年期間到廟宇搶過頭香。身為馬拉松選手的我，一直很想體驗看看，但每每看到相關的新聞報導，現場大家推擠撞碰，感覺很危險。

今年彰化南瑤宮將搶頭香的方式改成要先通過兩公里的競速跑，才能再跑進廟裡插香，這樣一來，人群會散開，比較安全。本想報名，可惜打去詢問時，說是已經截止報名了。

後來我上網找到了嘉義新港奉天宮也有舉辦搶頭香活動，不用事先報名，而且頭香獎不是現金，是嘉義的特產文物──「十二生肖交趾陶」，這讓我更有興趣了！於是吃完年夜飯，發完紅包後，我們就從高雄出發去了嘉義。

（題外話：老婆說她是台灣人，老公要給老婆紅包，我是法國人，就不用拿紅包。怎麼感覺怪怪的？）

我們八點就抵達奉天宮，廟前一條街已經張燈結綵，大紅燈籠高高掛，人潮鬧熱滾滾，過年氣息濃厚，很多販賣傳統大餅的店家還營業著，但一般與過年較無關的店家大部分在六點前就打烊了，好回家與家人團聚。

我們先進了奉天宮，跟媽祖拜拜，祈求保佑家人平安健康、天佑台灣、國泰民安，然後找我的好朋友──三太子，向祂報告今天我來參賽一事，請祂借我風火輪。參拜完畢後，我們離開奉天宮到搶頭香會場，因為現場還沒什麼人，我們得到最前排的位置，那時大約九點。但廟要到子時，也就是晚上十一點十五分才會再開廟門，所以得在原地等上兩個多小時。

接著陸續有一些人來排隊，一問之下，發現很多人都來參加好幾次了，只有我是初體驗。現場廟方人員也好心提醒我們要特別注意安全，因為搶頭香時總是萬頭攢動，競爭非常激烈，加上手上又拿著已經點燃的香，常常傳出有人不小心跌倒受傷、被香燙傷，或是群眾撞翻香爐的事故，所以無論是否搶得頭香，凡事安全第一。

不過在出發前，我們就得知歷年來總有些人會不守規定偷跑的消息。可是我跟老婆都認為「人在做，天會看」，不管是否有人偷跑，我們自己就是不行。偷跑而能插到頭香，一點也不光榮。況且現在我也算是一個公眾人物，千萬不能表現出壞榜樣，倘若真的遇到偷跑者就認了，把這次當成是一場文化體驗，因為起跑線到廟裡香爐只有短短一百公尺不到的距離，晚了三秒出發，就會失去插到頭香的機會。

現場氣氛越來越緊張，我的心臟也因為緊張而噗通噗通地跳，環顧四週，每個參賽的人都在摩拳擦掌、拉筋暖身，出發時間也開始逼近。就在主持人拿起大聲公，對著會場高喊著：「倒數三秒後就起跑！」可是才喊到

「三」，有一個站在前位的人就拉開起跑線跑了，最後也是他一馬當先，搶到頭香。在他開跑後，也引發了「破窗效應」，後頭的人根本沒在注意主持人的喊聲，也就跟著一窩蜂地跑出去了。

我站在最前排，面對他們偷跑，我相當驚訝，不過我還是堅持做對的事，因此我等到主持人喊到「一」時才起跑。最後我的排名大約在第十位，前面九個都是偷跑的。即便如此，還是很高興我在媽祖心中是頭香，第一名！

搶完香後，我和小乖也跟著人群一起排隊，去領取祈福紅包袋，感受到了過年的氣氛，也體驗到了在地的新年文化。

這是我得到最好的新年禮物！

一粒米的
台語＆法語教室

華語	台語拼音（台語文）
競速	piànnsok-tōo（拼速度）
很大一群	tsiânn tuā tīn（誠大陣）
找	tshuē（揣）
保佑	pó-pì（保庇）
燈籠	kóo-á-ting（鼓仔燈）
打烊	kuainn（關）
人在做，天在看	lâng teh tsò, thinn teh khuànn（人咧做，天咧看）
喊	huah（喝）
不守規定	thau-tsia̍h-pōo（偷食步）
噗通噗通地跳	phi̍h-pho̍k-thiàu（咇噗跳）

華語	法語
優惠	promotion
報名	s'inscrire
可惜	dommage
天佑台灣	que Dieu bénisse Taiwan
激烈	intense
香	encens
跌倒	tomber
安全第一	la sécurité d'abord
公眾人物	personnalité publique
倒數	compte à rebours

關於
破窗效應

在走西班牙朝聖之路時，我們常會發現一些廢棄的房子，有些可以保存得很好，有些則是被破壞的體無完膚，連房子本身都被噴漆塗鴉。或是行進的路上，大部分的道路都很整齊乾淨，看不見任何垃圾，但是進入深山後，有些剛植栽下去、用鐵網保護的樹木，鐵網圈內竟然堆滿了垃圾。

那時我就很好奇怎會有這種現象。原來，這就是所謂的「破窗效應」：一棟完整的房子，一開始因為破了一個窗戶沒去修理，會有更多破壞者加入，甚至引起更多犯罪。

想想看，或許你也曾經加入破窗效應。比如你手上有一個垃圾，但見某戶人家的水桶有垃圾，你也會隨手把垃圾放進去那個水桶，隔天一早，主人家會發現他門口堆滿垃圾。但是如果主人家的水桶原本很乾淨，沒放任何東西，相信你也不敢放垃圾下去。

或是像公廁，一旦有一個人沒把垃圾丟進垃圾桶內，過沒多久，累積起來，就會發現可能桶內還沒滿，而桶外卻已經垃圾滿地。

像在搶頭香時，「偷跑」這種不良現象，如果不馬上糾正，不良現象會被逐漸接受，然後逐漸擴大，往後大家想的可能是如何偷食步，而不是虔誠地向神明祈求平安了。

後記：
法國人被台化的30個證明

騎機車時都將外套反穿

車上的喇叭比煞車先壞了

會幫當地人指路

覺得台啤是世上最好喝的啤酒

臭豆腐的味道讓你流口水

跟朋友出去吃飯時，你爭著付帳

全家就是你家

早餐就是蛋餅跟豆漿

20度就覺得冷了

開始習慣跟著人群排隊

吃飯習慣用筷子

已經放棄對發票

已經變成打蚊子網球高手

不自覺哼唱愛拼才會贏

你的機票都是來回票

出國行李箱必有台灣泡麵
你的家人不再問你什麼時候要回去了
你的家人已經知道你不是住在泰國
在你的家鄉會不自覺的使用中文
覺得你家人講話有很可愛的口音
想不到任何理由離開台灣
習慣垃圾車是有音樂的
會覺得你的家鄉很不安全、很不方便又很落後
每次回家鄉都會想念台灣的一切
與朋友交流的主要方式就是LINE
看到台灣受傷會心疼落淚並前往救災
你很希望自己能有投票權
用很多種方式環島
你去過台灣所有縣市，包含離島
你已經把台灣當第二個家

國家圖書館出版品預行編目資料

一粒米，百粒汗／吉雷米, 江佩靜著. --初版.--臺中市：白象文化，2020.5
　面；　公分
ISBN 978-986-358-994-5（平裝）

876.6　　　　　　　　　　109003007

一粒米，百粒汗

作　　者　吉雷米、江佩靜
校　　對　郭子銘、高敬堯、江佩靜
發 行 人　張輝潭
出版發行　白象文化事業有限公司
　　　　　412台中市大里區科技路1號8樓之2（台中軟體園區）
　　　　　出版專線：（04）2496-5995　　傳真：（04）2496-9901
　　　　　401台中市東區和平街228巷44號（經銷部）
　　　　　購書專線：（04）2220-8589　　傳真：（04）2220-8505
專案主編　吳適意
出版編印　林榮威、陳逸儒、黃麗穎、水邊、陳媁婷、李婕
設計創意　張禮南、何佳諠
經紀企劃　張輝潭、徐錦淳、廖書湘
經銷推廣　李莉吟、莊博亞、劉育姍、林政泓
行銷宣傳　黃姿虹、沈若瑜
營運管理　林金郎、曾千熏
印　　刷　基盛印刷工場
初版一刷　2020年5月
初版二刷　2022年6月
定　　價　230元